江戸川乱歩《えどがわらんぽ》先生《せんせい》出題《しゅつだい》のクイズつき恐怖《きょうふ》物語《ものがたり》!
吸血鬼《きゆうけつき》の島《しま》
伝説の吸血鬼が
いまの世に ほんとうに
あらわれたのだ!?
武部本一郎《たけべもといちろう》・絵

江戸川乱歩からの挑戦状Ⅰ　ＳＦ・ホラー編

「吸血鬼の島」

江戸川乱歩　著
森　英俊
野村宏平　編

はじめに

森　英俊

事の起こりは、二年ほど前に関西の古本屋回りをした際に、まんだらけうめだ店でたまたま手にとった、光文社発行の《少年》増刊号だった。漫画雑誌は元来の収集対象ではないのだが、表紙に〈探偵ブック〉なる魅力的な文言が躍っているのが妙に気になって、ショーケースのなかに入っているそれを見せてもらうことにした。まだ読んだことのない、ジュニア探偵小説が載っているかもしれない、と思ったからだ。

すると予想はまんまと当たっており、その号――一九五六年秋の大増刊――には、複数の探偵物が掲載されていた。島田一男の怪奇探偵小説「青い犬」や桑田次郎の探偵活劇絵物語「探偵五郎」に加え、〈ビクターテレビがあたる　江戸川乱歩先生の探偵クイズ大懸賞〉を謳い文句にした探偵小説「笑う能面」、さらには《少年》の愛読者代表が参加した「江戸川乱歩先生びっくり訪問」なる乱歩邸の訪問記事までもが載っているという、なんとも豪華な内容。裏表紙と目次頁が欠落しているためにかなり安くなっていたこともあり、即座に購入することにした。

そこには、これまで読んだことのない、未知の乱歩の世界《ワールド》が広がっていた。乱歩の少年物といえば、〈明智小五郎＋少年探偵団〉ｖｓ〈怪人二十面相（怪人四十面相）〉

というのが、おきまりのパターン。妖怪博士や青銅の魔人や宇宙怪人、さらには巨大カブトムシや黄金の虎など、数々の奇怪な怪人や怪物が登場するものの、いざその正体が明かされてみると、そのことごとくが怪人二十面相（怪人四十面相）の変装であったことが判明する。

ところが「笑う能面」は、名探偵明智小五郎や小林少年、井上くんやノロちゃんといった、〈少年探偵シリーズ〉のファンにはおなじみの面々こそ顔をそろえるが、そこで彼らと知力をつくした戦いをくり広げるのは、いつもの二十面相ではなく、表題と同じ名前の付いた怪盗なのだ。信州の古城の天守閣や明智小五郎らの見張っている金庫のなかから鬼女の面が立て続けに盗み出されるという事件そのものも、ワクワクするほど魅力的で、こうなると、《少年》に掲載された他の作品も読んでみたくなるのが、人情というもの。

幸いなことに、住田忠久編の労作『明智小五郎読本』（長崎出版／二〇〇九年）に掲載誌のデータが載っており、それを頼りに九段下の昭和館や永田町の国会図書館に通っては、両館に収蔵されている《少年》を読みふけるようになった。ところが、どちらも収蔵されているものにはかなりの欠号があり、とりわけ増刊号ではそれが目立っていた。なおかつ運の悪いことに、そうした増刊号にかぎって、魅力的な表題の作品が数多く掲載されていたのである。「チョコレートと花火と宝石どろぼう」「魔法探偵術」「魔の二十一時」「のろいのミイラ」「魚人第一号！」等々、どれもが好奇心をそそる、いかにも面白そうな表題のものばかりで、増刊号の出現率の低さからしても、欠号のすべてを揃えることは個人の力ではいかんともしがたかった。

そんな折にまんだらけのマニア館の前で辻中氏（まんだらけ中野店・店長）と立ち話をする機会があり、「《少年》に載ったものが読みたくて読みたくて」という話をさせてもらったところ、「光文社の《少年》のバックナンバーなら、当社にほとんど揃っていますよ」という、思いもよらない言葉が返ってきた。清水の舞台から飛び降りたつもりで、だったら、いっそのこと復刻しませんかと、思いきって打診してみたところ、どうせやるなら扉絵や挿絵も含めての形にしましょうと、話はとんとん拍子で進んでいった。

同時に、乱歩関係の著書もあり（『乱歩ワールド大全』洋泉社／二〇一五年）、乱歩作品に関する造詣も深い、野村宏平氏の助力を仰ぐことにした。筆者だけの限られた知識では、それぞれの作品の読みどころを見逃してしまうおそれがあり、個々の作品に対する評価にも、より客観性を持たせたいと、考えてのことだ。

こうしてできあがったのが本書であり、収めた作品のセレクションには編者ふたりしてあたり、構成や配列もふたりで考えたものに基づいている。ただし、書誌的な部分に関しては、ほぼすべてが野村氏の働きによるものであることを、記しておく。

「吸血鬼の島」を巻頭に配したのは、プロット的には二重の掟破りともいうべきところが見られ、なおかつ、武部本一郎画伯の手になる扉絵や挿絵も含め、インパクトという点では随一、と思われたからだ。実際、大多数の読者にとってはまったく未知の、従来の乱歩からは大きく逸脱した世界《ワールド》が広がっているに違いない。もちろん賛否両論はあるだろうが、少しでも多くのかたにお楽しみいただけたら、編者冥利につきるというものである。

第1部には、この「吸血鬼の島」を筆頭に、従来の乱歩ワールドからは逸脱した作品を中心に集めてある。読みごたえのあるSFもあればホラーもあり、トンデモ系のものや〈奇妙な味〉系のもの、さらには怪異現象が合理的に解明されるものまで、バラエティーに富んだ作品を揃えることができたのではないかと、自負している。続く第2部はウエスタンと捕物帖系統のもので構成してあり、こちらでは、知られざるシリーズ・キャラクターの活躍をお愉しみいただきたい。

なお、謎解きを主眼とした本格ミステリ系統のものは今回、収録を見送ったが、そちらのほうの復刻も近い将来、お届けしたいと思っている。

目次

挿絵に関しましては、掲載誌からのものを修正を行い使用しています。一部不鮮明なものも含まれますが、ご了承をお願いいたします。

今日の見地からすれば不適切な表現がありますが、当時の時代的背景を考慮し、オリジナルを尊重する見地から、内容に修正を加えず、そのまま掲載しました。

第1部　ＳＦ・ホラー作品集

吸血鬼の島

挿絵　武部本一郎

『少年』1962（昭和37）年お正月大増刊 出題編掲載
『少年』1962（昭和37）年4月号 解答掲載

太古の宝物を求めて南太平洋の孤島に渡った怪人二十面相を待ち受けていたのは、墓場からよみがえったおそるべき吸血鬼だった。さしもの二十面相も窮地に追い込まれ、明智小五郎に救援を要請。なんと、少年探偵団が宿敵・二十面相と手を組んで妖怪退治に乗り出すことになる。

本家の〈少年探偵シリーズ〉では実現することのなかったシチュエーションを楽しめるのが、この作品。ミステリというよりはホラーと呼ぶべき内容で推理要素は皆無だが、冒頭で描かれるアマチュア無線、『吸血鬼ドラキュラ』や『ロビンソン・クルーソー』のエピソード、さらにはムー帝国の伝説といった具合に、当時の少年読者が興味を持ちそうな題材がたっぷり盛り込まれたサービス満点の怪奇冒険譚に仕上がっている。(野村)

吸血鬼の島
江戸川乱歩先生出題のクイズつき恐怖物語!
伝説の吸血鬼が いまの世に ほんとうに あらわれたのだ!?
武部本一郎絵

二十面《めん》相《そう》の悲《ひ》鳴《めい》!

これは名探偵、明智小五郎と怪人二十面相が力をあわせて妖怪とたたかうふしぎな物語です。

明智探偵の助手、小林芳雄少年のひきいる十数人の勇かんな小学生たち――少年探偵団の団員の中にアマチュア無線にこっている少年がいました。「きみ、世界じゅうの友だちと話ができるんだぜ。」と、いつも鼻をピクピクしてじまんしている――その少年が、お正月だというのに、あわてて明智探偵事務所にかけこんできたのです。

「た、たいへんだ。小林くん。こ、この電報を見て。ぼくがいま無線で受けたんだよ。」

「いったい、なにをそんなにあわててるの。」

笑いながら、少年のさしだす紙きれをうけとった小林くんも、電文をよんで、アッとおどろきました。「これは、たいへんな電報だ。すぐ、明智先生に報告しなくては……。」

いったい、その電報には、なんとかいてあったのでしょう。

ふしぎなことに、いつも明智探偵と少年探偵団をくるしめる、不敵な怪盗、怪人二十面相が明智探偵に「タスケテクレ。」と、電報をうってきたのです。しかも、おかしなことに「無人島デタッタヒトリ妖怪タチニトリカコマレテイル。」というのです。

「先生、へんな電報ですね。もしかすると、二十面相が、ぼくたちをだまそうとしているんじゃないでしょうか。」小林少年は首をかしげています。

「でも、ぼくが無線電話をうけたとき、怪人二十面相は泣き声をだしていたよ。」と少年。

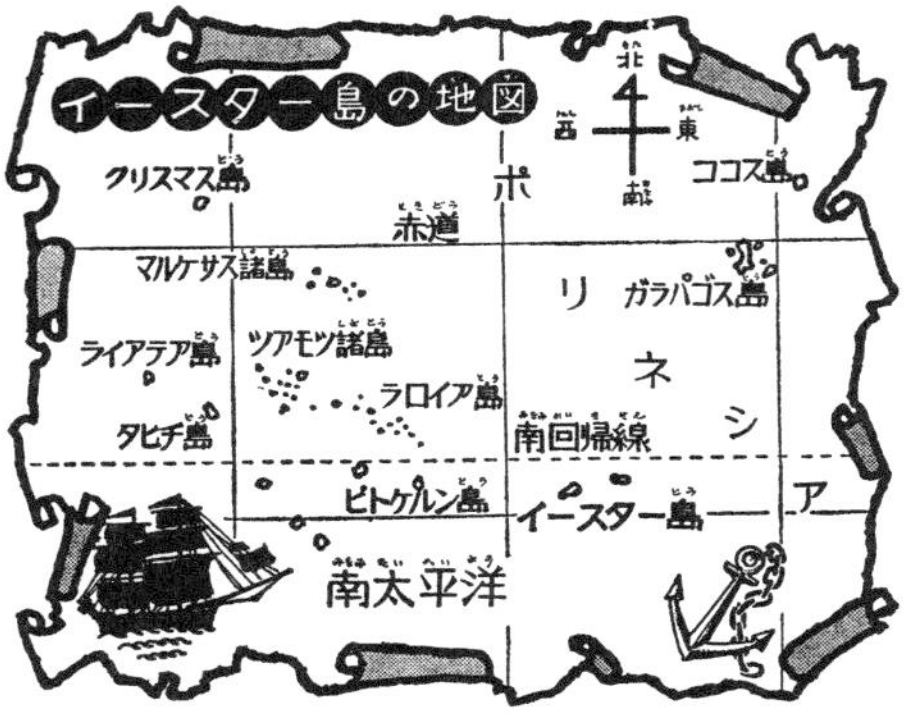

「よーし、たすけてやろう。」

明智探偵はニッコリ笑ってうなずきました。

☆　☆　☆

羽田の東京空港から飛行機にのってとびたったのは、明智探偵と小林少年、それからポケット小僧くん――からだが小さいのでこんなアダ名がつきましたが、勇かんで身がる。おばけがあいてだというので、ちょっとこわそうですが、大よろこびです。もちろん、ピストルに探偵七つ道具は、わすれずに身につけています。

☆　☆　☆

オーストラリアから東へ千百キロ、太平洋のまっただ中にポツンとおきわすれられたような孤島、イースター島があります。人間が住んでいる土地としては、世界でいちばんかけはなれたところ、ただ一面の荒海と空にとりかこまれ、奇怪な伝説をつたえる、ひとにぎりの人びとが住みついています。

とちゅうで船にのりかえた明智探偵の一行は、このイースター島から、さらに、なぞにつつまれた怪人二十面相の島にむかいました。

イースター島の人びとに聞いたところだと、その島はまわりを絶壁でとりかこまれ、おそろしい暗しょうがいたるところにきばをむきだしているので、近よる船もほとんどないということです。

荒波にもまれる船を岩にぶっつけないよう、苦心のすえ、やっと絶壁をよじのぼった明智探偵たちは、おそるおそる森かげの一軒家に近づきました。だって、いつどこから、おばけがとびだしてくるかもしれませんからね。

「ウワーッ。」とつぜん、小屋の戸がひらいてひとりの男がころがりだし、明智探偵にかじりつきました。

「よく来てくれた。よく来てくれた。」おなじことばをくりかえすひげだらけの男――おお、二十面相。それが二十面相でした。なんと、涙をボロボロながしています。

「どうしたの、二十面相くん、なんにもかわったことはないじゃないの。」

ポケット小僧くんがたずねます。

たしかに、森は暗く、その上に黒々と気味のわるい形の山がそびえたっていますが、べつにおばけが出そうなようすもありません。きこえるのは、ただ空をわたる風と絶壁に打ちよせる波の音だけです。

それにしても、いつも少年探偵団をいじめる二十面相の手下が、ひとりも見あたらないのはどうしたことでしょう。

「アッ、もう日が暮れる。早く小屋の中にはいってくれ。話は、それからだ。暗くなると、あの吸血鬼のやつらがまたやってくる。」

二十面相はこわそうにあたりを見まわすのでした。そういえば、小屋の窓という窓は、げんじゅうに板でふさぎ、くぎやかすがいでとめてあります。

「なに、吸血鬼!」

小林くんもおどろきました。ロケットが月世界にとどく、この二十世紀に、そんな妖怪がまだいるのでしょうか。

「二十面相くん。そのおばけのこと、はなしてよ。」

こわいくせにポケット小僧くんがたずねます。

「うん。おれにもよくわからないんだが……。」

二十面相がポケット小僧くんにしてくれたおばけの話というのは、こんな話でした……。

あるお金持ちのところから二十面相が宝物をぬすみだしました。ところがその中にふしぎな絵文字をきざんだ石の板があったのです――なんだかおもしろそう

吸血鬼の島
火山《かざん》
石像《せきぞう》
森
怪人《かいじん》20面相の小屋
絶壁《ぜっぺき》
船《ふね》
西
「宝物《たからもの》っ！」と、ただそれだけを信《しん》じて巨岩《きょがん》をとりのぞいた怪人《かいじん》二十面《めん》相《そう》が見《み》たものは、美《うつく》しい女王《じょおう》の死《し》体《たい》だったが……その死体《したい》が……

なので、いっしょうけんめい勉強して、ついにその絵文字を読みとくことに成功しました。

　なんでも、それはイースター島に伝わる古い古いむかしの文字で「ロンゴ・ロンゴ」というのだそうです。そして、その絵文字の意味が、「この島にむかしむかしの宝物がいっぱいかくされている。」ということだと知ったとき、すぐさま二十面相は五人の部下をひきつれ、この島にのりこんだのです。

「火ノ神ノ口ノ中　ドクロトトモニ宝ハヨコタワッテイル」

　絵文字には宝のありかのことを、こうかいてありました。

　そして、島をひとめぐりした怪人二十面相の目にはいったものは、なんだったでしょう。

　それは、だれがたてたのか、高さ三十メートルもあろうかと思われる巨大な石像です。山のふもとの草原に、何千年のむかしのぶきみな笑いをうかべて立つ神の像をながめたとき、二十面相はおどりあがってよろこびました。

「しめた、宝はこの石像のどこかにかくされているぞ！」

　はじめは、エジプトのピラミッドのように、この石像のからだの中に宝がかくされているにちがいない――と思ったが、どこをさがしても入り口らしいものが見あたらない。

「えい、ぶちこわしてやれ。」というので、しまいにはハンマーで石をたたいたが、火花がちって、カチン、とはねかえるだけでした。

「そこで、おれは考えついた。この石像は、むかしの王さまのお墓なんだ。宝は、この石の下にあるにちがいない。それがしょうこには『ドクロトトモニ』とかいてあるではないか！　だが、よせばよかったよ。こんなひどいめにあったのも、その墓をあばいたたたりさ。」

　お墓の中からは、いったいなにが出たのでしょう？　宝物でしょうか？　いやどうもそうではないらしい。では、おばけがウジャウジャとつまっていたのでしょうか。

　石の下には、大むかしの服をきたきれいな女のひとが、まるで生きているみたいな顔をして、うずもれて

二十面相《めんそう》のことばどおり、ぶきみな妖怪《ようかい》たちが、夜《よる》になると小屋《こや》をおそってきた！

いたのです。

「もちろん、死人らしい。ゆすぶってもおきなかったからね。むかしの国の女王かもしれないな。しかし、まるで生きているみたいなんだ。さすがのおれもゾーッとして、小屋ににげかえってきた。」

妖怪《ようかい》あらわる！

「そのばんはすごい雨だったな。そのばんからだよ。おばけがではじめたのは……あの女王がおきて、歩いてきて、おれの部下をかみころして……。」

二十面相がここまではなしたとき、小屋の外の壁をツメでガリガリとかく音がきこえました。

「ちくしょう、あいつだ。」

二十面相はピストルをつかむと、あわ

てて身がまえました。

ガリガリガリ……。

「あっ、ほんとうだ。小林くん、見てごらん。」

窓のすきまから、外のようすをゆだんなく見はっていた明智探偵がさけびました。

月の光にてらされているのでよく見えます。白いきものをきた女のひとが立っているのです。ふりみだしたかみの毛のかげに光っているその目のすごさ。口のはしからはタラタラと血がながれて……ポケット小僧くんは「キャッ。」とさけんで腰をぬかしてしまいました。

おや、女のおばけのほかにも二つ、三つ、四つ——五つです、男のおばけが五ついます。いや、おばけじゃない。二十面相の手下です。二十面相の手下がおばけと、いっしょにいるとは、どうしたことでしょう。

小林くんがさけびました。

「二十面相くん。きみの手下がいるよ。戸をあけていれてやろうか。」

「じょ、じょうだんじゃない。あれは吸血鬼だよ。おれも、はじめはうっかり入れてやって、あぶなく夜中に血をすわれるところだった——女のおばけに血をすわれて、あいつらはいっぺん死んだんだ。それがばけてでて、吸血鬼になったのさ。」

ガラガラガラ。こんどは屋根に石をなげています。

「ヤイ、二十面相も明智も、でてこい。血をたっぷりすってやるぞ。」二十面相の手下の吸血鬼がわめいています。

「ウフフフ……二十面相なんて大きなことをいっても、おばけにかかっちゃ、かたなしじゃないか。」

「先生、吸血鬼って、いったいなんですか。」小林少年が明智探偵にたずねます。

「ぼくも、それを考えていたんだがね。ヨーロッパには『吸血鬼ドラキュラ』の伝説がある。何百年も前、ロシアやポーランド、オーストリアあたりに住んでいたという血をすうおばけだ。この吸血鬼に血をすわれた人は死んでしまうが、墓からよみがえって、じぶんも吸血鬼になる。」

「しかし、先生。それは伝説でしょう。」とポケット小僧くん。

「そうなんだ。吸血鬼の正体はなにか。これはあした

どこからともなくつめたい風《かぜ》がふいてくる……
とつぜん、ポケット小僧《こぞう》くんは、ふるえだした……

にでも、おばけを一ぴきつかまえてしらべてみなくては、わからないな。」明智探偵が答えます。「吸血鬼は日の光にあたると死ぬそうだから、昼間ならつかまえられるかもしれない。しかし、そんなことより、早くこの島をにげださなくちゃ。あした一日、この島のようすをさぐって、あさっては、断がいのかげにつないである、ぼくたちの乗って来た船でひきかえそうじゃないか。」

　さすが、明智探偵はおちついています。その夜は、かわるがわるピストルをもって、ねずの番に立つことにしました。

「火《ひ》の神《かみ》の口《くち》」の宝《たから》

　あくる朝、空はどんよりとくもっていますが、ゆうべのさわぎなどウソのよう。おばけも夜あけまえには、あきらめてかえったようです。

「二十面相。たしか絵文字は『火ノ神の口ノ中』に宝物があると、かいてあったんだね。」

朝ごはんのかんづめをたべながら、明智探偵がたずねます。
「そうだよ。しかし、おれはもう、宝なんかいらん。こんなおばけの島はまっぴらだ。」
二十面相は、べそをかいています。
「なにいってるんだ。おばけにばけて、いつもぼくたちをいじめたくせに……。」と口をとんがらしたのは、ポケット小僧くん。

首をかしげて考えこんでいた明智探偵が命令しました。「さあ、いまからこのおばけの島を探検する。二十面相、きみは道案内だぞ。あの火山にのぼろう。」

探偵はいったい、なにを考えているのでしょうか？

その質問には、すぐこたえるときがやってきました。吸血鬼が昼間はかくれているかもしれない暗い森をぬけ、ふもとの草原の奇怪な石像のところを通り、溶岩だらけのでこぼこの山道をのぼりつめると、ポッカリと天にむかってあなのひらいた、せまい火口にでました。

目もくらむような断がい、あなの下のほうはまっくらです。どこをさがしても、あなの中におりる道はなさそう。

「ポケット小僧くん。きみは身がるだから、ロープをつたって、この火口の中をしらべて来てくれないか。」

火口をのぞきこんでいた明智探偵が、みょうなことをいいだしました。

「先生、この中になにかあるのですか？」と、小林くん。

「あるとも。もし絵文字にかいてあることが正しいとすると、宝はこの中にあるはずだ。ほら、『火ノ神ノ

吸血鬼《きゅうけつき》の女王《じょおう》のときすましたような歯《は》と、あつい息《いき》が必死《ひっし》でにげる明智探偵《あけちたんてい》の背《せ》にせまった!　あぶないっ!

口ノ中』という文句を思いだしてごらん。」

「ウーム。そうか、ざんねん。」二十面相はくやしそうです。

ナイロン・ザイルをからだにしっかりとまきつけ、帽子には懐中電燈をとりつけて、まっくらな火口の中におりていったポケット小僧くんの見たものは、なんだったでしょうか?

上からはよく見えないのですが、百メートルくらいくだったところに、岩がたなのようにつきだしているところがありました。そのくらやみにボーッとうきだしている白いかたまり、うっかり手をだしたポケット小僧くんは、「ヒャッ。」と、おもわず声をあげました。

ガサガサとくずれおちたその白いかたまりは、なんとくちはてたガイコツの山だったのです。懐中電燈の光をあてると何十、何百というドクロが、まっ黒い目をポッカリとあけて、ポケット小僧くんをにらんでいます。おもわずザイルを引いて、小林くんに引きあげてもらう合図をしようとしたのですが、そのとき、ピカリと電燈の光をうけてひかったものがあります――ダイヤモンドの山でした。

どうして、こんなところにダイヤの山があるのでしょう。そして、このガイコツの山は?

よろこびいさんでポケット小僧くんは、ダイヤをしょって、はいあがってきました。二十面相のくやしそうな顔といったら――。

☆　☆　☆

「ほうら、ポケット小僧くん。あそこをごらん。」明智探偵の指の先を見ると、一面にひろがった海のむこうに小さな島が見えます。

「あの島が、ロビンソン・クルーソーの島だよ。」

「え、ロビンソン・クルーソーって作り話じゃないんですか。」と、ポケット小僧くん。

「いまから三百年ほど前、ウイリアム・ダンピアというイギリス人の指揮する海賊船がこのへんを航海していた。そうしたら、あの島から煙があがっている。『たすけてくれ』と信号していたんだね。そこで、ボートで上陸してみると、ボロボロのきものをきたひとりの男がいた。名まえはアレクサンダー・セルカークという。船が難破して何年も、たったひとりでくらしていたんだそうだ。この男の話をもとにして作ったのが、ロビンソン・クルーソーの物語さ。あの島の名まえはファン・フェルナンデス島といって、チリの領土だ。」

「へえー。」小林くんも目をまるくしています。

☆　☆　☆

空が暗くなってきました。なまあたたかい風がふいてきます。

「こりゃ、いかん。いそいでかえろう。」

二十面相があわててさけびました。

「早くしないと、雨がふってくるぞ。」とポケット小僧くんも空を見あげました。

「いや、雨にぬれたってへいきだが、こうくらくなると、ほら、またあの吸血鬼……。」

二十面相のいうとおりでした。あの妖怪たちは日の光が大きらいです。日光にあたったら、すぐ死んでしまうと、むかしの「ドラキュラ」のことを書いた本にのっています。しかし、昼間でも、こう暗くなると……。ポケット小僧くんは胸がドキドキしてきました。

ダイヤをザラザラとリュックサックにつめこむがはやいか、もうみんなかけ足です。いちもくさんに死火山をくだって、石の像のところまでくると、ポツポツと雨がふってきました。

みんな、まにあうでしょうか。もし、とちゅうで妖怪たちにおそわれたら……明智探偵も、小林少年、ポケット小僧くんも、こんな無人島でおばけに血をすわれて、死ななければならないのでしょうか。いや、死ぬだけではありません。死んだあと、おばけになって暗い森の中を、人の血をもとめてうろつかなければならないのです。

☆　☆　☆

森を出かかったとたん、一行の先頭をフウフウいって走っていた二十面相は、ハッと足をとめました。

妖怪たちは、みんな小屋の前にたって、待っていたのです。

ポケット小僧くんは、あまりのこわさに、のどがしめつけられるようでした。

おまけに足音を聞いて、やつらはいっせいに、その青白い血のけのない顔をふりむけ、こっちにむかって走りだしたのです。

「おい、みんな、おばけはぼくがひきうける。おばけがぼくを追いかけていったら、そのすきに、きみたちは小屋ににげこむのだ。」

明智探偵は、そういいすてると、パッと森からとびだし、とんでもない方角に走り出しました。妖怪たちはキイキイときばをむきだして、追いすがります。

そのすきに、小林くん、ポケット小僧くん、それに怪人二十面相が死にものぐるいで小屋に突進し、やっとぶじににげこめたのはよかったのですが、おばけに追いかけられた明智探偵は、どうなるでしょう。心配ですね。

☆　☆　☆

妖怪たちの先頭にたって追ってくるのは、あの女のおばけでした。かみをふりみだし、くらやみを飛ぶように走ってきます。三メートル、二メートル、一メートル……明智探偵との距離はぐんぐんちぢまる。おばけが長いツメのはえた手を探偵の肩にのばす。ハッハッハッという血にうえた息づかいが、探偵の耳にもきこえる。

明智探偵があぶない！

そのときです。ふしぎがおこったのは……。

女のおばけのすがたがスッと草原にすいこまれるよ

うに消え、明智探偵ひとり、どんどん小屋にむかって
はしってきて、入り口にとびこみました。
パーン、パーン！　二十面相と小林少年がしつこく、あとを追ってくる「手下のおばけ」にむかって、ピストルをうちます。
キリキリまいをして、ドサリとたおれるおばけ。

この世のものとも思《おも》えぬ女王《じょおう》は……歯《は》をむきだし、のたうちまわって、たおれた！

吸血鬼《きゅうけつき》のさいご

あくる朝、日がのぼってきたときのおそろしいできごとは、小林くんもポケット小僧くんも、けっしてわすれることはないでしょう。

女のおばけがきえたのは、草むらにかくされた深いあながあるのを、明智探偵が思いだし、うまくおびきだして、まっさかさまにおとしたのですが、おばけだからそれで死んだわけではありません。

夜があけてから、みんながこわごわあなをのぞきこむと、まだ歯をむきだしてうなっているではありませんか。

明智探偵が七つ道具のかばんから、信号用の鏡をとりだし、ギラギラと日の光をおばけの顔にあてると、

「ギャーッ。」

と、すさまじいさけび声をあげて、からだをくねらせたとおもうと、みるみるうちにおばけのからだはしぼみ、くずれ、ひとかたまりの灰のようなものになっ

てしまいました。

☆　☆　☆

「先生。あのおばけのことを、もっとはなしてください。」

かえりの船の中でポケット小僧くんが、明智探偵にたずねます。

「うん。ぼくもふしぎでたまらないで、やつらの血を顕微鏡でしらべてみたんだ。ほら、きみたちがぼくをたすけようとして、おばけをピストルでうったろう。やつらはポトポト血を流してにげていったっけ。」

明智探偵は、ことばをつづけて、

「ぼくが顕微鏡でなにを見つけたと思う。病原菌だよ。『吸血菌』とでも名まえをつけるかな。そいつがスライドの上を長い触手をのばして、ウヨウヨおよぎまわっているんだ。」

ああ、死人を動かし、人の血をもとめてうろつかせていたのが、ばいきんのしわざであったとは……。

「じゃあ、あの女のおばけは、何者なんですか。そして、あの石の像は？」と、小林少年もするどい質問をします。

「あれはムー帝国の女王かもしれないな。」明智探偵が小林くんたちにしてくれたのは、じつにふしぎな物語でした。

イースター島に古くからつたわる文字「ロンゴ・ロンゴ」

☆　☆　☆

――いまから一万数千年前、太平洋は、ぜんぶが海ではなく、北はハワイ、西はポナペ島、東はイースター島におよぶ広い陸地がよこたわっていた。東西八千キロ、南北五千キロ、この大陸を領土とし、高い文明をもってさかえていたのが「ムー帝国」です。いまもイースター島には、だれがつくったともしれぬ、なぞの石像が何百も立っているし、「ロンゴ・ロンゴ」という古代の絵文字もつたわっています。

ところが、一万二千年前、とつぜん、ムー大陸は太平洋の底ふかくしずんでしまった。

「ぼくの考えでは、ムー帝国には吸血菌がはびこっていたにちがいない。吸血病で死んだひとのからだは、ばけてでるとこまるので、あの火山にほうりこんでしまったのだろう。しかし、吸血病で死んだ女王だけは、土の中にほうむって、上に大きな石でふたをした。これなら、ばけてでられないからね。」

「それを、おれがほりだしたのか。」と二十面相が口をはさみます。

「吸血病がはびこっていたころには、まだあの火山は火をふいていたのだろう。泣く泣く女王をほうむったけらいの最後のひとりは、宝もろとも自分も火山に身をなげたのかもしれない――これは、ぼくの想像だがね。」

明智探偵はそういって、ほっと息をつくのでした。もう吸血鬼の島は、水平線のかなたに消え、しょげきった怪人二十面相と、ムー帝国の秘宝を手に入れた明智探偵たちの船は、イースター島にむかっていそぐのでした。

☆　☆　☆

諸君、この物語はこれでおわりますが、いまもイースター島には巨大な石像が、大むかしのなぞを秘めて立っています。大きくなったら、ぜひ、一どいってごらんなさい。そして、巨大な石像のなぞをといてください。

（おわり）

☆　☆　☆

吸血鬼の事件は、ぶじおわりました。みなさん。以下にクイズがあります。

もんだい

■さて、諸君のそばにも吸血鬼はいるかもしれませんよ。ところで、諸君！　この物語の吸血鬼の女王は、明智探偵の鏡の〇の〇でたいじされました。明智探偵は、どうして鏡をつかったのかをよく考えれば、わかります。さあ、〇の〇とは、いったい、なんなのでしょう。

〔答え〕 ㊐の(光)

きえた宇宙少年

挿絵　高荷義之

『少年』1960（昭和35）年夏休み大増刊 出題編掲載
『少年』1960（昭和35）年11月号 解答掲載

〈少年探偵シリーズ〉の宇宙人ものといえば、『宇宙怪人』『電人M』『妖星人R』があるが、それらに登場するのはいずれも人為的なトリックによるニセの宇宙人だった。しかし、本作に出てくるのは、地球から十光年離れた星からやってきたエプシロン・エリダニ人という本物の宇宙人の少年。鏡には映らず、血液は緑色、地球人よりはるかに高度な文明を誇り、大量のダイヤモンドを持っているという設定だ。

その宇宙少年を誘拐し、身代金としてダイヤを手に入れようとたくらむのが怪人二十面相。予告状を受け取った小林少年は宇宙少年が地球人と区別がつかなくなるよう、一計を案じる。

小林少年とポケット小僧のほかに、明智小五郎の少女助手・花崎マユミも登場して華を添えているのが、ファンにとっては嬉しいところだ。（野村）

きえた
宇宙少年《うちゅうしょうねん》
江戸川乱歩先生出題《えどがわらんぽせんせいしゅつだい》の探偵《たんてい》クイズ
高荷義之《たかによしゆき》絵《え》

うつらない顔《かお》？

「ねえ、小林くん。きみ、宇宙人ってほんとにいると思う？　ぼくはしんじないな。」

「そうだねえ……。」

少年探偵団の団長、小林芳雄くんも首をかしげています。口をとんがらして早口にしゃべっているのは、「電人M」で大活躍のポケット小僧くん。

それは、じつに奇妙な事件でした。夏休みになるのをまちかねて富士山のふもとにある明智探偵の別荘にやってきた小林団長、ポケット小僧くん、それに明智探偵の助手のおねえさん、マユミさんの三人が、きのうピクニックのとちゅう、森の中で宇宙人だというふしぎな少年をたすけたのです。

「わたしはしんじるわ。ポケット小僧くん。」

マユミさんがいいだしました。

「こんなにひろいひろい宇宙の中ですもの。人間のすんでいる星だってあるかもしれないわ。その星にすんでいる人間は、わたしたち地球の上にすんでいる人間より、ずっと頭がよくて、宇宙船にのって地球にやってきた……。どう、すてきじゃない。」

「そういえば、あのふしぎな少年は、おとうさんといっしょにのっていた宇宙船から、ころげておちたといっていたねえ。」と小林くん。

「なーに。あの子の顔にあったかすりきずは、そのへんの木かなにかにぶつかってできたんだよ。宇宙船からおちたとき、けがしたなんて、うそっぱちさ。少年探偵団をだましてやろうと思って……また、怪人二十面相かだれか悪人のいたずらさ。」

そうです。ポケット小僧くんのいうとおりかもしれませんね。あのおそろしい「青銅の魔人」となり、「宇宙怪人」にばけた二十面相のことですからなにをやりだすか、わかったものではありません。

「だいいち、宇宙人っていうやつは、タコみたいなかっこうをしてるんだろ。あの子はちっとも、ぼくたちとかわっていやしないじゃないか。」

ポケット小僧くんは、ひくい鼻をピクピクさせてまくしたてます。

「いいえ、ポケット小僧くん。あの子には、わたしたちとちがうところが、たくさんあるわよ。」とマユミさん。

「へえー、どんなところが？」

小林くんもポケット小僧くんも、おもわず、からだをのりだしました。

「ゆうべ、夜中に目がさめたのよ。カーテンをあけて外を見ると、空には星がいっぱい。そして、庭に、人がひとり立っているの。」

「ふーん。」と、ポケット小僧くん。

「それが、あの宇宙人かい？」

「ええ、そうなの。星をながめているのよ。じーっと立ってね。いつまでもいつまでも、そうしているのよ。そして、その目がね、金色にひかっているのよ。」

「そんなのウソだ。なにか見まちがいしたんだろ。」

ポケット小僧くんは、強情です。

「それだけではないのよ。けさ、洗面所にあの子をつれていってやったの。そして鏡をひょいと見たの。なにがうつっていたと思う？」とマユミさん。

「あたりまえじゃないか。マユミさんとあの子の顔が、うつっていたんだろ。」と、ポケット小僧くん。

「ところが、わたしの顔だけしかうつっていないのよ。あの子の顔のところにはなんにもうつっていないの。いや、後ろのかべがうつっていたわ。パジャマの上にはなんにもないの。つまり首がないのよ。」

「そんな、バカな。」

とうとう小林くんがいいだしました「ひとつ、あの子をつれてきてためしてみよう。」

「そう。それがいいわ。そしたらがんこなポケット小僧くんも小林くんも、あの子が宇宙人だということが、よくわかるわ。わたし、よんできます。」

マユミさんもまけていません。

しかし、もしマユミさんのいうとおりだとしたら、いったい、これはどういうことなのでしょう。

やはり宇《う》宙《ちゅう》人《じん》だ！

「コバヤシサン、コンニチハ。」

ドアをあけてはいってきた少年は、十

才くらい、たしかにポケット小僧くんのいうように、わたしたちとちっともかわっていません。

「きみ、ちょっと、これに顔うつしてみてよ。」

ポケット小僧くんは、マユミさんからかりた小さな鏡を、その子の顔にさしむけると、よこから、いそいでのぞきこみました。

「キャッ。」

そのときのポケット小僧くんのおどろきようといったら……。

「どれ、どれ。」

小林くんも、のぞきこみました。

「ウーム。」

いったい、こんなことが、この世のなかにあるのでしょうか?

たしかに、マユミさんのいうとおりなのです。目のまえには、わたしたちとちっともかわらない少年がいる。それなのに鏡にうつっているのは洋服だけなので

す。「透明怪人」という悪人がでてきたことがありましたね。しかし、あれは怪人二十面相がつかった手品、タネもシカケもあります。あのときは、ちっともおど

ろかなかった小林団長も、さすがに、顔色をかえています。

「マユミさん。この子は、ほんとに宇宙人かもしれないね。どうだい、ポケット小僧くん。」

「ふしぎだね。しかし、宇宙人かどうか、まだわからない。」

ポケット小僧くんは、まだ、がんばっています。

この強情なポケット小僧くんが、一時間後には、「あの子は宇宙人にまちがいない。」という、いちばんねっしんなファンになったのですから、おかしなものです。

それは、ふとしたできごとでした。

別荘の中で、「宇宙人だ。」「いや、ちがう。」なんて議論をして一日をすごすのには、天気がよすぎました。

雲ひとつない青空、日はカンカンと照りつける。東京の町にいればウンザリするようなあつい日ですが、富士山のふもとのこの高原にいる

と、あそびにゆくにはもってこい。森も湖も、ボートも、サイクリング・カーもあります。

　四人で湖にボートをこぎにゆくことにきめて、森の道をおりてゆくと、第一のふしぎがおこったのです。

　近所のお百姓さんが、ニワトリをあみのかごにいれてかっていました。

「アノイキモノ　ナンデスカ。」

　宇宙人かもしれない少年にたずねられたポケット小僧くんが、へんな顔をして、「ニワトリにきまってるじゃないか。あんまりしらないふりのおしばいするなよ。」と、むきになっていうと、「オナジイキモノヲイジメルノハ　カワイソウデスネー。」

　少年は、つかつかとニワトリ小屋に近づくと、パッと戸をあけて、ニワトリをはなしてしまいました。

「あっ、なにをするんだ。お百姓さんにおこられるよ。」ポケット小僧くんがもんくをいったが、もうおそい。バタバタというニワトリの羽の音をきいてかけ

つけた持ちぬしのおじさんが、カンカンになっておこりだしました。

「コマリマシタ　ドウカコレデ　カンベンシテクダサイ。」

　少年が、ポケットからジャラジャラとつかみだしたのは、どうみても、ガラスざいくではありません。ひとつかみのダイヤモンドが、キラキラとひかっていたのです。

　第二のふしぎがおこったのは、ボートの中。

「あの子は、ぜったい宇宙人だよ。」

　ポケット小僧くんが、そういいだしたのは、この事件のせいなのです。

　キラキラと日の光をあびてかがやく青い湖。すずしい風がふくボートあそびに、四人はむちゅうでしたが、

「あっ。」

　ボートの金具でひっかいた少年の腕からにじみだした血の色を見て、ポケット小僧くん、小林くん、マユ

ミさんの三人は、おもわず、息をのみました。

緑色なのです。いったい、地球の上にすむ人間で緑色の血を流す人間がいるでしょうか？　少年の腕から流れでた緑色の血は一てき、二てき……青い湖の水におちてきえていったのです。

第三のふしぎ。これもマユミさんが気がついたものですが、この少年は、けっして笑わないのです。ボートの中で、ほかの三人がキャッキャッとさわいでいても……。そして、泣かないのです。少年のいうとおり、たったひとりで、しらない星においてきぼりにされたのなら、地球人なら泣きだすところです。少年はけっして泣きも笑いもせず、まるでお面のように顔をかえませんでした。

きょうはく状《じょう》

その夜、空いっぱいに星のでている別荘の庭で、少年探偵団の会議がはじまりました。

「ワタシハ　〝エプシロン・エリダニ人〟デス。」

金色です。星の光をあびてかたる少年の目は、金色にかがやいていました。

「エプシロン？」

ポケット小僧くんにはなにがなん

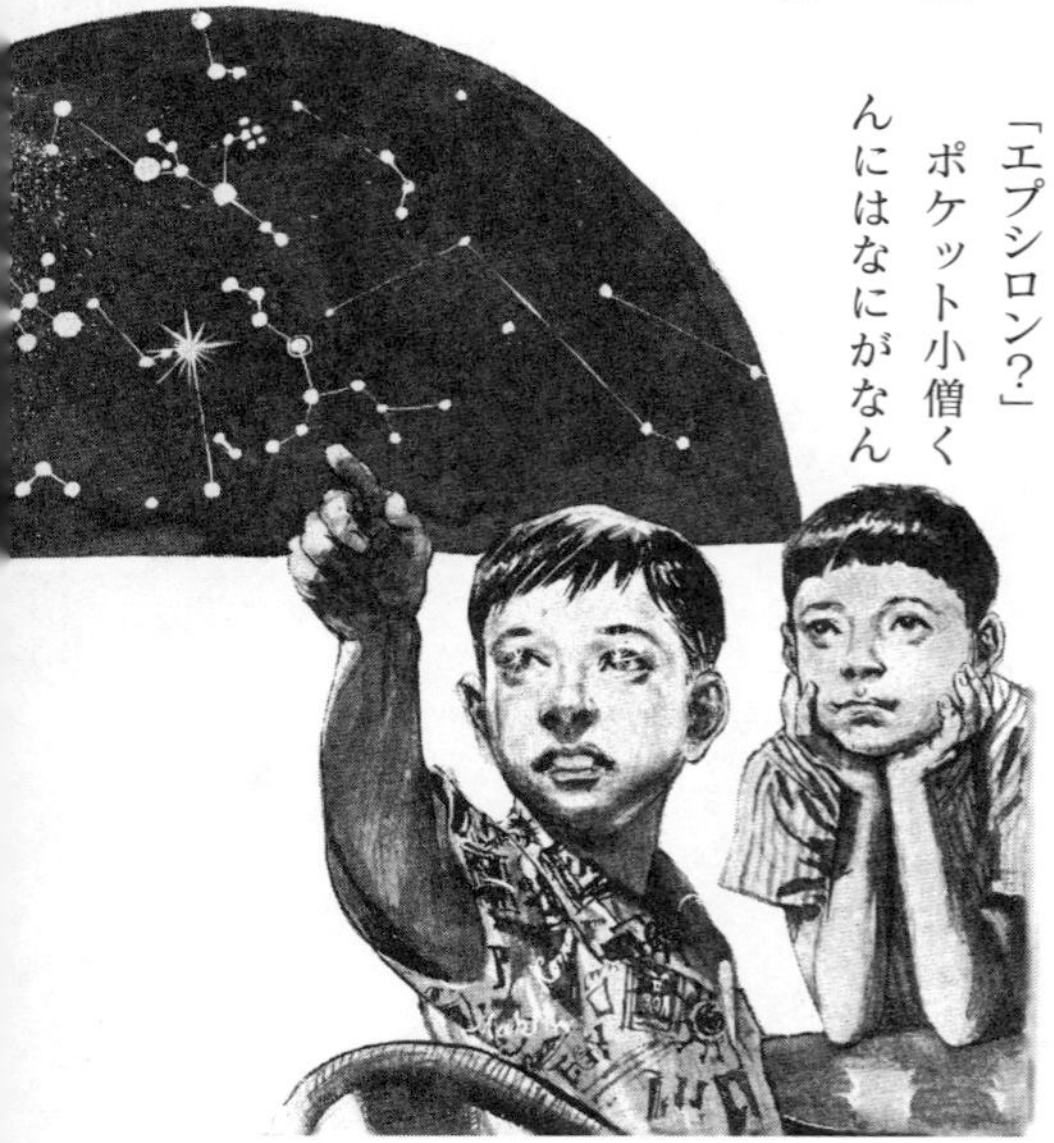

だか、さっぱりわかりません。

「アア　ワカラナイ。アノネ　冬ニナルト　オリオン座　ガ　見エルデショウ。アノ〝オリオン〟ノ西ニアル　マガリクネッタ星座。ソレガ〝エリダヌス座〟デス。ソノ〝エリダヌス座〟ノ〝エプシロン〟トイウ番号ノツイタ星。ソコニ　スンデイルノガ　ワタシタチ〝エプシロン・エリダニ人〟デス。」

「そこ、地球からとっても遠いんでしょう。」とマユミさん。

「エエ　十光年アリマス。一光年ハ光ガ一年間カカッテハシル長サ。ワタシタチ　宇宙ノクラヤミノ中　真空ノ中青イ星　赤イ星ノ光ヲ　ナガメナガラヤット地球ニ　ヤッテキマシタ。」

「きみの星は、どんなところ？」

小林くんももう、少年が宇宙人だということをうたがっていません。

「緑色ノ太陽　スミレ色ノ空　海　オレンジ色ノ森　木ハ地球ノサボテンニニテイマス。黄色イ岩　月ハ三ツアル……。」

ポケット小僧くんは、口をポカンとあけて、ゆめでもみているような顔つきです。

「しかし、どうしてきみは、日本語をはなせるの？」

小林くんは、なかなかよい質問をします。

「アア　アナタタチ　キガツキマセンデシタカ？」

少年の話によると、エリダニ人は　地球人よりずっと進んだ文明をもっているらしいのです。地球のほうに電波望遠鏡をむけて、どうも生物がすんでいるらしいということがわかると、偵察ロケットを派遣して地球のようすをしらべさせました。偵察ロケットは地球のありさまを電波にのせて、エリダヌス星にいまも送りつづけているそうです。

「地球人ガ〝空飛ブ円盤〟ダトサワイダノハ　ワタシタチノ偵察ロケットデス。ワタシノ父ハ　エリダヌス星デイチバン地球ノコトヲ　ヨク知ッテイル。デスカラ　ワタシハ　日本語ヲハナセマス。エリダニ人ハ戦争シナイ。イキモノ　イジメナイ。デスカラ　ワタシ　ニワトリヲ　ニガシマシタ。イケマセンデシタカ？」

「きみは、これからどうするの。」

マユミさんが、心配そうにたずねます。

「アア　ダイジョウブ。三日タッタラ　ムカエニクルソウデス。ユウベ空カラ光ヲツケタリケシタリシテ信号シテキマシタ。ソレマデハ　地球ノ引力ノグアイガワルクテ　オリラレナイ。」

「では、それまで、ゆっくりあそんでいらっしゃい。」

と小林少年。

「明智先生がいらっしゃらなくて、ざんねんだな。」

とポケット小僧くん。

そういえば、明智探偵はしばらくまえから、ニューヨークに用があって旅行中でした。

「ホカノヒトニ　ボクガ　宇宙人ダトイウコト　イワナイデネ。ドウモ地球人ハ　アブナイカラ。」

こういわれたので、三人はおもわず大わらいしました。

「そうよ、ほんとに。怪人二十面相なんかにしれたら、それこそたいへん。明智先生はおるすだし。つかまって、みせものにされてしまうわ。それともみのしろ金に、ダイヤモンド、トラックいっぱいよこせ——なんて、エリダニ人のおとうさんをおどかすかしら。」

マユミさんは心配そうです。

「そうだね。このことは別荘のじいやさん、ばあやさんにもいわないことにしようね、ポケット小僧くん。」

小林くんがいいます。

「ぼく、そんなおしゃべりじゃないよ。しっけいしちゃうな。」

「アハハハ、ごめん、ごめん。」

四人はしらなかったのです。庭の木かげから別荘番のじいや、いや、じいやにばけた男の目がキラリとひかっているのを……。

「いよいよ、こんばんだねえ。宇宙船でおとうさんがむかえにくるのは?」

つぎの日の朝、そういいながら、おきあがった小林くんの目に、かべにべたりとはりつけられた紙きれの文字がうつったのです。

宇宙人のぼうやは　わたしがありがたく　ちょうだいすることにする。まず　ダイヤモンド　トラックいっぱいとひきかえというところかな。

怪人二十面相

「ちくしょう。どうして二十面相にかぎつけられたかな。」

「小林くん。きみ、ピストルもっているでしょう。」

ポケット小僧くんもマユミさんも、おこったり、心配したり。明智探偵がるすだというのに、なにごともおこらなければいいのですが。

「うーん。ちょっと、ぼくにかんがえさせてくれよ。」

小林くんもさすがに顔があおざめています。

「おまわりさん、よんだら。」

とマユミさん。

「だめ、だめ。いつも、その手でやられてるじゃないか。大さわぎをすればするほど、二十面相はよろこぶ。そのなかにまぎれこむことができるからね。」

やっぱり、小林くんは明智探偵のるすをあずかる少年探偵団の団長だけあって、いうことがちがいます。

「きのう、みんなではなしあったことは、ぜんぶ二十面相にしられたと思っていいね。」

「そう。緑色の血も、鏡に姿がうつらないことも……。」とマユミさん。

「そうだ！」

小林くんが、とびあがりました。

「きょうは、これから村のお友だちを招待して大さわぎしよう。」

「なんだって、小林くん。気がへんなんじゃない？」

とポケット小僧くん。

「シーッ。」

小林くんはくちびるに、指をあてると、マユミさんとポケット小僧くんの耳に、なにやら、ヒソヒソとささやきました。

……

いったい、どんな作戦をたてたというのでしょう。ドアのかげで、それをたちぎきしていたあやしい影があったのは、いうまでもありません。

別《べつ》荘《そう》のパーティー

お昼をすぎると、村の小学校のお友だちが二十何人もやってきて……それも男の子ばかり。

ボート、水泳、ドッジ・ボールもはじまりました。

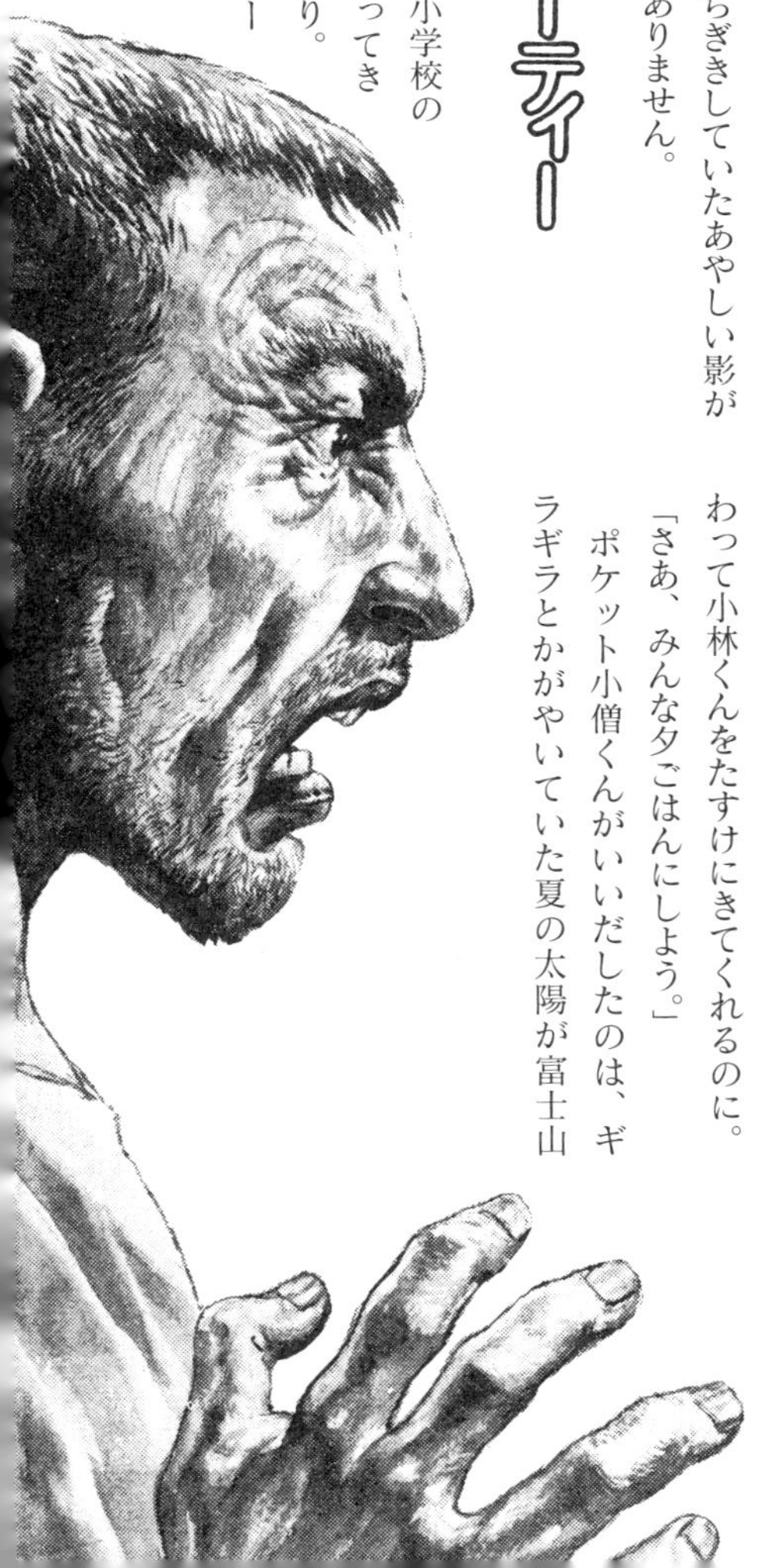

「キャッ。」「キャッ。」という笑い声。怪人二十面相なんか、へいきのへいざといったちょうしです。しかし、読者のみなさんはしっていますね。怪人二十面相が約束した悪事はかならずしとげるおそろしい男だということを……。小林くんにも、もちろん計画があってのことでしょうが、こんなことでだいじょうぶなのでしょうか？

やっぱり、おまわりさんをよんだほうがよかったのではないでしょうか？

警視庁の中村警部に電話さえすれば、明智探偵にかわって小林くんをたすけにきてくれるのに。

「さあ、みんな夕ごはんにしよう。」

ポケット小僧くんがいいだしたのは、ギラギラとかがやいていた夏の太陽が富士山のふもとの山のかげにしずむころでした。すずしい風が木の葉をゆるがせてふいてきて、夕やけ空をうつしてしずまりかえった湖の上をわたってゆきます。

「ワーイ。ごちそうだぞ。」

ドヤドヤと玄関からとびこむ二十何人の元気な少年たち。小林くんのするどい目は、そのとき、玄関のつきあたりにどこからはこんできたのか、大きな鏡がおいてあるのを見のがしませんでした。

小林くんは、心の中でこう思ったのです。

「シメシメ。うまくいきそうだぞ。」

いったい、なにがうまくいくというのでしょうか。

スイカをたべながら、小林くんがとなりの少年にそっとささやいたことばが、もし怪人二十面相にきこえたら、「ハッ。」と気がついたかもしれません。

え、小林くんがとなりの少年になんといったか、はやく、おしえてくれって。

怪人二十面相が、鉄腕アトムのように耳のきく力を万倍にすることができたら、こうきこえたはずです。

「きみ、さっきボートの中でクリームをぬったろうね?」

「ウン、ぬったよ。」

女の子じゃあるまいし、どうして、男の子が日やけどめのクリームをぬらなければならないのでしょうか。

あ、となりの少年というのは、どうも、宇宙人の少年らしいですね。どうも、小林くんは村の小学校からよくにた少年ばかりあつめてきたらしい。こうみんなでワイワイ、ガヤガヤさわいで食後のスイカをたべていると、どの少年がさっきの宇宙人の少年なのか、ちょっとわかりません。

「じゃ、ぼくかえるよ。ごちそうさまっ。」

「さよならーっ。」

おやおや、ごちそうをたべおわってしまえば、もうこの別荘に用はないらしいですね。

少年たちは、玄関でくつをはいて、ふたり、三人とかえってゆく。その玄関わきで、じーっとたっているひとりの老人がありました。おや別荘番のじいやらしい。しかし、どうしたというのでしょう。

目はワシのようにひかって、玄関の鏡をみつめたきりです。

いったい、なにをしているのでしょうか？　諸君もかんがえてください。

………

「さよならーっ。」

いまでていった三人組がさいごで、村のお友だちは、もうみんなかえってしまったようです。

あれっ？　宇宙人の少年の姿ももうありませんね。いつ、かえっていったのでしょうか。森の中に、ほんとうにおとうさんの宇宙船がむかえにきていたでしょうか。

だいいち、あんなおそろしいはり紙をしていった怪人二十面相は、どうしたのでしょう。

「ちくしょう。小林のこぞう、おれをだましやがったなっ！」

別荘番のおじいさんのまがっていた腰がのびると、声までが若々しくなってさけびました。

「ハハハハ……。二十面相くん。もうおそい。あの子は星にかえっていったよ。」

いつのまにか、小林くんの手にはピストルがにぎられています。

鏡《かがみ》のトリック

こうして事件はおわったのですが……。え、なに、さっぱりわからないって。では、ひとつポケット小僧くんにきいてみましょう。

「えーっ、諸君。小林団長はですな、ぼくにこうささやいたのである。よくにた村の少年たちを、おおぜいよんできて、ゴチャゴチャにして、どれが宇宙人の少年だか、わからないようにしてやろう。そうすれば、こまった二十面相は、かならず、鏡の手をつかう。宇宙人は鏡にうつらないことを知っているから、鏡に、ひとり、ひとりうつしてみて、うつらない子をつかまえる。まさか、ひとりひとりきってみて、緑色の血をだす子をつかまえるわけにもゆくまい。ぼくだって、ピストルをもっているんだからね。」

「だから、宇宙人の少年が鏡にうつるようにすればよい。そこで、顔にクリームをぬってみた。クリームは光をはじきかえす。というわけで、ぼうしさえかぶっていれば、宇宙人の少年は鏡にうつるようになった。

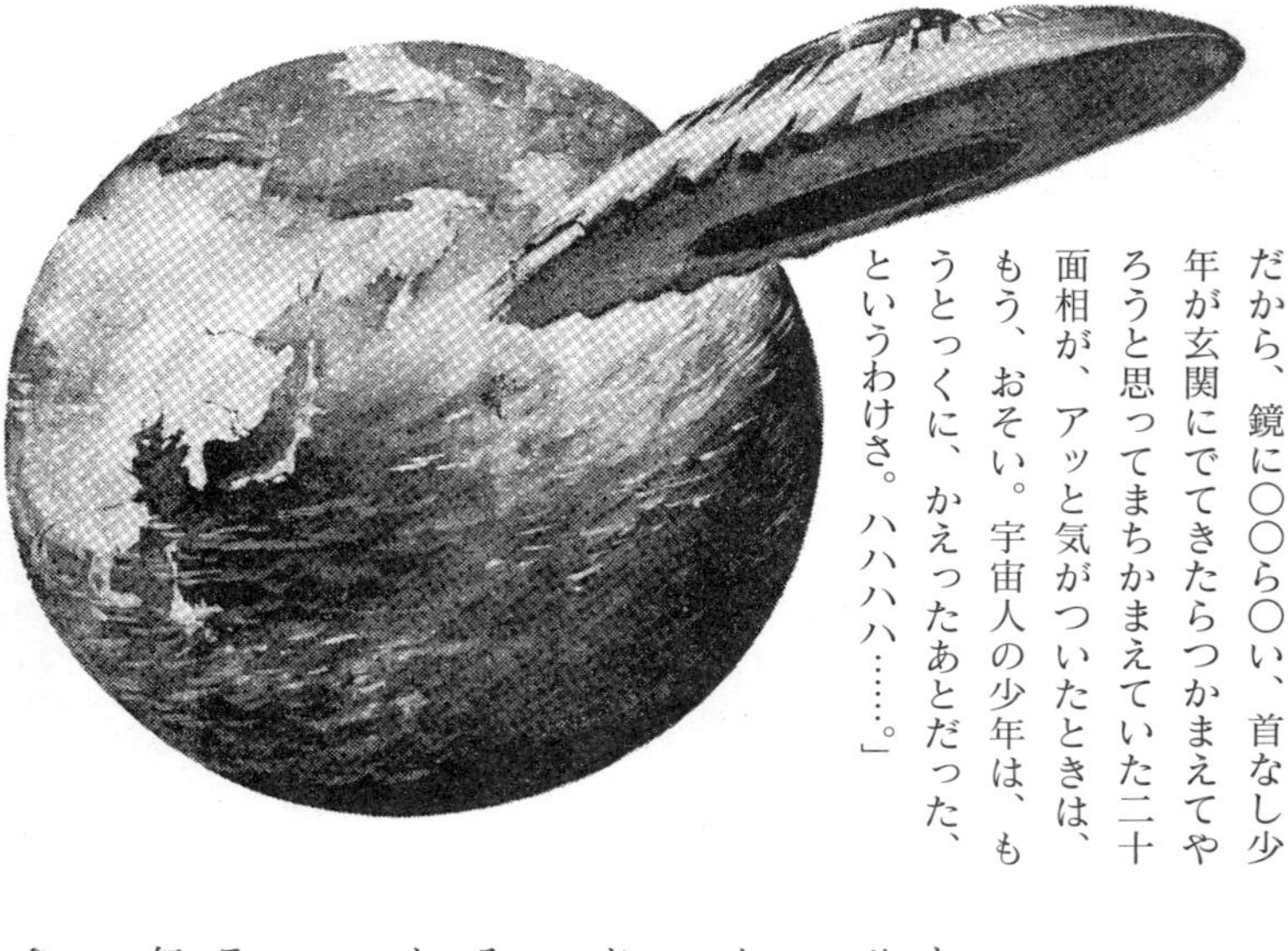

だから、鏡に〇〇ら〇い、首なし少年が玄関にでてきたらつかまえてやろうと思ってまちかまえていた二十面相が、アッと気がついたときは、もう、おそい。宇宙人の少年は、もうとっくに、かえったあとだった、というわけさ。ハハハハ……。」

宇宙船《うちゅうせん》からの通信《つうしん》

大さわぎもおわって、二、三日たったあるばんのことです。テレビをみていたポケット小僧くんが、口をひらきました。

「ねえ、小林くん。あの子、ほんとに宇宙人だったのかしら。なんだか、また、あやしくなってきた……。」

「そうねえ、宇宙船がむかえにきたところを見たわけじゃないし。」とマユミさん。

「みんなでおくりにいったら、いっぺんで二十面相にみやぶられてしまっただろう。」小林くんがわらいだしました。

…………

そのときでした。いままで、うつっていた西部劇のテレビがとつぜん、ブツンときれて、あの宇宙人の少年の顔が、スクリーンにうつったではありませんか。

「少年探偵団のみなさん。どうもありがとう。おかげさまでぶじ宇宙船にもどることができました。ぼく、エプシロン・エリダニ人の少年です。いま、ぼくたちの宇宙船は日本の上空十万メートル。これから、また遠い遠いエリダヌス座にかえるところです。みなさん、ごきげんよう。冬になって、エリダヌス座が見えるようになったら、ぼくを思いだしてください。さようなら、さようなら……。」少年の声は、遠い宇宙のかなたに、きえてゆきました。

諸君も学校にいったら、お友だちをよく見まわしてください。鏡に顔がうつらない少年、緑色の血を流す子がいるかもしれませんよ。

もんだい

■48ページの第1段1行めに○が三つありましたね。この○の中にかなをいれてください。

［答え］ ⓤⓣらⓝい

海底人ブンゴのなぞ

挿絵　吉田郁也

『少年』1961（昭和36）年お正月大増刊 出題編掲載
『少年』1961（昭和36）年4月号 解答掲載

日本近海に魚のようなエラを持った海底人が出現するという、これまたSFチックな作品。掲載の前年にはテレビで黒沼健原作の特撮ドラマ『海底人8823《ハヤブサ》』が放映され、《少年》でも九里一平によるコミカライズが連載されていたので、少なからずそれを意識したのかもしれない。

ちなみに、本作で盗難被害に遭う世界一の黒真珠「志摩の女王」は『黄金仮面』と『灰色の巨人』でも怪盗のターゲットにされた、乱歩作品ではおなじみのお宝だが、『黄金仮面』における「志摩の女王」は日本随一の天然真珠とされているものの黒真珠という説明はなく、『灰色の巨人』における「志摩の女王」は粒よりの真珠を何千も集めて作られた高さ約二十センチほどの三重の宝塔という設定だった。（野村）

江戸川乱歩先生出題《えどがわらんぽせんせいしゅつだい》の
探偵《たんてい》クイズ
なぞ
PL 107

海《かい》底《てい》人《じん》ブンゴ

怪《かい》情《じょう》報《ほう》！

昭和三十五年十一月十四日午前八時、南極観測船「宗谷」より海上保安庁に無電――。

十一月十二日東京港を出港した「宗谷」は、シンガポールにむかうとちゅう、十四日の夜あけ午前六時ごろ、左舷バルジの上に人間らしいものを発見、見はり員が声をかけたところ、いきなり海中にとびこんで逃走した。水面下スレスレのところを、なにかパイプのようなものにまたがって、白いあわをのこして矢のように走りさったというから密航者とも思えない。あるいは、スパイかとも思うが、「宗谷」の仕事にはなにも秘密にすることはない。どうもふしぎでならないので、おとりしらべをねがう。なお、このあやしい人間にであったのは、四国の沖である。（バルジというのは、氷のために船をこわされないよう、船の左右にはりだした二重底のことです。）

昭和三十五年十一月十八日午前零時三十分、海上自衛隊旗艦「もみ」より防衛庁統合幕僚会議に秘密電報――。

海上自衛隊の大演習に参加、目下佐伯湾に仮泊している本艦は十八日午前零時五分、後部甲板爆雷発射機付近にたおれているあやしい人間を発見。甲板士官がだきおこそうとしたところ、いきなり歯をむいて舌を出し、キキキキというきみょうな声をたてながら、海の中にとびこみ、逃走した。

甲板士官の報告によると、この人間について、つぎのような、なんとも説明のつかない点があるので、至急しらべていただきたい。

1　甲板士官は、この人間ののどもとに、左右おのおの三本のわれめのある魚のようなエラを目撃した。

2　なで肩で胴体のわりに、胸がきみの悪いほど、すぼまっていた。

3　かみの毛は長くたれさがり、異様に大きくみひらかれた目、まばたきはしなかった。

4　灰色のタイツのようなものをピッタリとからだにつけ、足には大きなヒレをつけていた。逃走するとき、このヒレのひとつを甲板士官がもぎとったので、よくしらべてみたところ、ゴム製品であった。

　さて、この二つの報告をうけた国家警察本部は、大さわぎでした。

「ともかく、この二つのニュースは、関係があるぞ。」

「そうだ。しかし、この怪人はスパイか?」

「いやいや、『もみ』の甲板士官が見たのが正しいとしたら、こいつはふつうの人間じゃないよ。」

「そうだ。エラのある人間なんていないからな。」

「しかし、『宗谷』の報告のパイプのようなものというのは、あっさく空気で走る水中スクーターとも考えられるし、『もみ』の甲板士官がもぎとった足びれは、ゴム製品だ。タイツをきていたというし、これはともかく文明人だよ。エラのある人間というのが、なにかのまちがいだとすると、やっぱりこいつは、どこかのスパイだな。」

「ちがうな。きみたちは胴体のわりに胸がきみの悪いほどすぼまっていたという『もみ』の報告をわすれている。いいかい、きみが悪いほどだよ。これは胸で息をしていない。肺をつかっていないしょうこだ。エラで息をしているんだ。三本のわれめのある魚のようなエラというのはうそじゃない。だって、エラがなければ、水の中にいきなりとびこんでにげたというが、そんなことをしたら、おぼれて死んでしまうじゃないか。佐伯湾というのは、むかし連合艦隊がすっぽりはいったという大きな湾なんだよ。まして、『宗谷』のばあいは、太平洋の荒波の中に、そいつはにげこんだんだからね。」

　国家警察では、日本国じゅうが大さわぎになることをしんぱいして、人々にしれないように、そっと海底人の調査にのりだしました。

いったい海の中にすむ人間――海底人なんてほんとにいるのでしょうか?

ところがまた、国家警察のひとびとをびっくりさせるような事件がおこりました。


三重県警察本部から国家警察本部に非常電話――

十二月一日三重県鳥羽市の真珠センターの金庫に、げんじゅうにしまってあった「志摩の女王」という世界一の黒真珠がぬすまれた。ぬすんだ犯人は海のほうからしのびこんだらしい。いきなりなぐりつけられて気をうしなった番人の話によると、夜だったのでくらくてはっきりしないが、どうも、このまえ報告のあった「もみ」の後部甲板にあらわれた怪人そっくりである――。

海底人《かいていじん》はいる!?

「うーん。これはたいへんだ。真珠は海からとれるものだから、海底人がおこってとりかえしにきたのかな。」

「おい、大学といあわせた返事は聞いたか。」

「はい。エラのある人間、海の中にすむ人間というものは、考えられないことはない――という返事でありました。」

「長官、いい考えがあります。」

「なんだ。」

「ひとつ、あのゆうめいな明智探偵事務所にたのんでみたら。」

「そうだな。志摩の女王の事件だけでもたのんでみるか。いくら明智小五郎でも海の底までもぐって、海底人をさがしにゆくわけにはゆかないからな。」

こうして、このふしぎな事件は明智探偵のところに

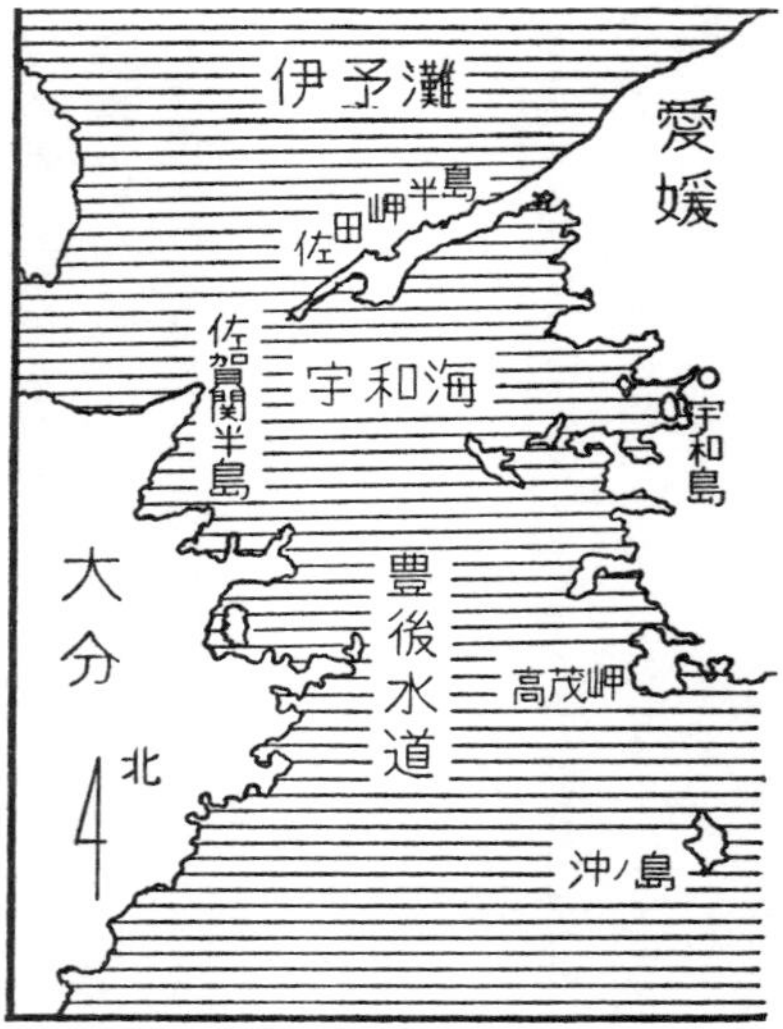

もちこまれてきたのです。

さすがの明智探偵も「もみ」の報告には、ひどくおどろいたようでした。

「ふーむ。」腕をくんで考えこんだまま、顔をあげようともしないのです。

しかし、「志摩の女王」事件の話をきかされると、ハッと顔をあげました。

「長官。この事件は重大事件ですね。」

「では、明智くん。この事件だけはひきうけてくれるね。」

「そうですね。わたしの考えでは、またなにか、たからものがぬすまれるという事件がおこるような気がします。そのときをにがさず、現場にのりこんで、犯人をつかまえましょう。」

明智探偵は、きっぱりといいきりました。こんな大きなことをいっていいのでしょうか。

「もみ」の報告はうそではないのです。魚のようなエラをもち、海の中にすむ人間――そんな人間を明智探偵は、海の底までおっかけていってつかまえるというのでしょうか。

明智探偵はそれから、大学にでかけていって、おそくまでなにかしらべものをしていました。かえってきても、考えこんで口もきかないのです。

「先生。」おそるおそるポケット小僧くんが声をかけたのは、つぎの日のことでした。諸君よく知っているでしょう。少年探偵団の団員で、いつも大活躍する、あのポケット小僧くんです。

「海底人って、ほんとにいるんでしょうか。」

「うん。それなんだがね。」明智探偵は、なにをいいだそうとするのでしょうか。よこにいた少年探偵団の小林団長もひざをのりだしました。

「きみたち、病気の重いひとに食塩水の注射をするのを知っているだろう。ほら、リンゲル注射というやつさ。海の水は塩からい。人間の血液は海の水と成分がそっくりなんだ。学校でならったひともいると思うが、ずっと大むかし、地球さいしょの生命は、海の中でうまれた。そうして、それがだんだんと高等な生きものにすすんできて、陸上にはいあがった。だから、陸上のいきものでいちばんすすんだ人間でさえ、皮膚の中に『海の水』をくるんではこんできた。それが血液なんだ。」

「へえ、いきものは、はじめはみんな海の中からうまれてきたの。」とポケット小僧くん。

「だから、エラのある人間——海の中にすめる人間をつくることはできるかもしれないね。」

「ですけど、先生、どうしてわざわざ、海底人なんかつくらなければならないんでしょう。ちゃんとこうやって陸の上でくらしてゆけるのに。」小林団長は、しきりに首をかしげます。

「ところで、きみたち、ちかごろ冬になっても東京にあんまり雪がふらなくなったのに気がつかないかい。」

明智探偵がたずねます。

「そういえば、そうですね。先生。」小林くんは、いったいなんの話しがはじまったんだろうという顔でこたえます。

「地球がちかごろ、あたたかくなったというのは、もうはっきりしている。南極や北極の氷はどんどんとけている。そうしたら、どんなことがおこるかい？」

「海の水がふえます。」とポケット小僧くん。

「そうそう、海の水がふえれば、海面が高くなって陸地はせまくなる。南極と北極の氷がみんなとけると、海面はいまより百メートルも高くなるそうだ。そうすると、東京も名古屋も大阪も海の底さ。」

「わーっ。たいへんだ。ぼく、どうしよう。」

ポケット小僧くんがさけびました。

「ハハハハ……。あんしんしたまえ。いまの氷のとけぐあいから計算すると海面が百メートルも高くなるのは……千年くらいさきのことだそうだからね。」

「なあんだ。それじゃあ、海底人なんて、わざわざつくることないじゃないか。」とポケット小僧くん。

「うん。それだけならあんしんなんだがね。ぼくが大学にいってしらべてきたら、ちょっと気になることがあるんだ……。」

明智探偵が、小林くんとポケット小僧くんに、こんな話をしました――。

――ちかごろの海の水のふえかたは、南極と北極の氷のとけかたより、すこしおおいことがわかった。そのためには、どこかで新しく海の水がつくられているのではないか？　といううたがいがある。

――それには、ちかごろきゅうに海底火山のばくはつがさかんになり、火山からふきだした水蒸気が海の水になるとしか考えられない。

――それでは、なぜ、きゅうに海底の火山がばくはつしはじめたか？

――わたしたちは、陸地というものはカチカチの岩でできていると思っているが、そうではない。地球の表面に近いところで放射線をだす岩のおおい部分が、放射線のだす熱でとけてふくらんで、もちあがったのが陸地なんだ。だから陸地の下には、いつもドロドロにとけた岩がいっぱいたまっている。陸地はこの重いドロドロの石の海の上にうかんだ軽石のようなものだ。このドロドロは、いつかは、ふみつぶされたあんパンみたいに陸地のはしから、なかみをぶちまけよう

としている。これが海底火山のばくはつだ。そのばくはつがそろそろはじまったのかもしれないね――。
「そういえば、日本はアジア大陸のはしにあって、火山がおおいところですね。」とポケット小僧くん。

「アジア大陸の底にあるアンコが、みんな日本のちかくにふきだしたら、たいへんなことになるぞ。」小林くんもしんけんな顔をしています。
「いや、いまのちょうしでは、いきなりそんなことがおこるとは思えない。海の水が一年に何十メートルの速度でふえはじめ、何十年かのちには、千メートルをこえる――なんてことになったら、それこそ、たいへんだ。」明智探偵がこたえます。
「じゃあ、ある国で、もしもそんなことがおこったばあい、ぼくたち人間が、いつでも海の中にすめるように、人間にエラをつけることを考えだした――というわけですか？」
「そうだろうね。小林くん。ぼくは、そう考えている。」

ダイヤのゆくえ

昭和三十五年十二月二十四日夜、横浜沖にて。プレジデント・ウイルソン号より横浜水上警察に非常れん

らく。

　こんばん、クリスマスのお祭りを、にぎやかにしていると、海の中から、エラのある怪人がそっとしのびこみ、お客のニクソンさんをなぐりたおし、ダイヤモンドをうばって逃走した――

　明智探偵が約束どおり、すぐさま快速自動車「アケチ一号」にとびのってプレジデント・ウイルソン号にかけつけたのはいうまでもありません。

　プレジデント・ウイルソン号というのは大きな客船で、アメリカから世界一周のお金持ちをたくさんのせ、日本にやってきたのです。

　つぎの朝、税関の検査をすませてから、お客さんたちは、あこがれのニッポンに上陸することになっていたのでした。

「あのダイヤモンドは、ロシアの女王が持っていたオルロフという名の、世界でゆびおりのダイヤ。すぐとりかえしてください。」ニクソンさんは、泣き声で、明智探偵にうったえます。

「なに、オルロフ。」その名まえだけは明智探偵も聞いたことがありました。なんでも、インドの聖像の目についていたものを、ロシア人がぬすみだし、カザリン二世にささげたという、のろいのかかった宝石です。

「そのオルロフを、どうしてあなたは日本にもってきたのですか。」

「わたし、日本の仏像ほしかった。うんと古い、うんと高い、世界にひとつしかないホトケサマ。そしたら、このダイヤとホトケサマ、かえっこしようという日本人の手紙もらった。ホトケサマの写真がついていた。わたし、その写真みた。ほんとに世界にひとつしかないアシュラというホトケサマでした。だからわたし、日本にきた。ホトケサマの実物みにきた。」とニクソンさん。

「ちょっと、そのホトケサマの写真をみせてください。」なにを思ったのか、明智探偵はそういって、手をさしだしました。

「あっ！　小林くん。これを見てごらん。」明智探偵の手ににぎられた仏像の写真は、小林くんにとって、わすれることのできない写真でした。「先生。これは

「……。」

「うん。そうだよ。怪人二十面相が上野の美術館からぬすみだした国宝、インドの戦いの神アシュラの像だ。」明智探偵もうなずきます。

いったい、これはどうしたことでしょうか?

怪人二十面相と海底人と、どんなつながりがあるというのでしょう。

「それで、エラのある怪人にダイヤをぬすまれたというのは、ほんとで

すか。ニクソンさん。」
「いいえ、わたしクリスマスのお祭りでみんなと食堂でにぎやかにしていた。そうしたら、となりのいすにすわっていたチンさん、甲板にでてみませんかとさそった。わたし『日本の夜のけしきながめましょうか。』といって、ふたりで甲板へでた。そしたら、いきなり、後ろからポカーンとなぐられ、気が遠くなった。どろぼうをチンさんが手すりにおいつめたら、海の中にジャブンととびこんだ。そのとき、チンさん、はっきり、そのどろぼうにエラのついているの、みたそうです。」
チンさんというのは、色のあさ黒い、するどい目つきの中国人でした。

「わたし、たしかに、その男ののどにエラが四本ずつ、右と左にあるの見た。エラうごかして海にジャブーン。かたはばのひろいターザンみたいな男ね。」

チンさんはペラペラしゃべります。

「小林くん、ちょっと……。」明智探偵はドアをおして甲板にでました。つめたい海風がふいていて、空には、二年二カ月ぶりに地球に近づいた火星が赤くかがやいています。

「先生、くらいですね。」

「きみも気がついたかね。小林くん。とてもこのくらさじゃ、のどのところに、エラが四本あるのをみわけられるはずはないね。」

「あっ、先生。もしかしたら、チンは?」

チンにばけた二十面相が明智探偵に正体をみやぶられたのは、いうまでもありません。海底人のことで警察が大さわぎをしているのを聞きつけた二十面相は、さっそく、じぶんがぬすんだ仏像をおとりに、ニクソンさんをおびきだし、ダイヤをうばって、罪は海底人になすりつけようとしたのでしょう。

しかし、こまったことには、船の中をいくらさがしても、ダイヤがみつからないのです。

だが、そのとき、キョロキョロ二十面相のへやをみまわしていたポケット小僧くんの目にとまったのが、黒いカバーをかけたからの鳥かごです。

「あれはなんだい。二十面相？」

「アメリカでみつけた九官鳥さ。すごくものまねがうまいやつだ。『アケチノバカ　コバヤシノバカ』と鳴くのさ。このさわぎにおどろいて、かごをやぶって、どこかへにげていったらしい。おしいことをしたよ。フフフ……。」

二十面相のいうことはウソでした。だって、ポケット小僧くんは見たのです。その鳥かごの中に、えさの豆がちらかっているのを――。

「伝書バトだっ！」

ああ、なんという悪がしこいやつでしょう。明智探偵がかけつけるまえに二十面相は、ぬすんだダイヤをハトの足にくりつけて、かくれ家めがけてとばした

らしいのです。黒いカバーは、もちろん「九官鳥だ」といって、ひとをごまかすためにかけておいたのでしょう。二十面相のいうとおり、しょうこがなくては、犯人をつかまえることはできません。せっかく、ここまで二十面相を追いつめながら、明智探偵は、指をくわえてひきさがらなければならないのでしょうか。

いいえ、諸君。明智探偵の顔をごらんなさい。小さな笑いが口もとにうかんだかと思うと、それは見るまに大きな笑い声にかわりました。

「ハハハハハ……二十面相くん。ごくろうだったねえ。わざわざ宝物をとどけていただいて……。きみがアメリカにいってるすの間に、手下のかくれ家は、ぜんぶ警官に占領されてしまったよ。いまごろ、ダイヤを手にして、警視庁の中村捜査課長は、大よろこびだろう。」

こうして怪人二十面相の事件はおわりをつげましたが、(志摩の女王をぬすんだのも、もちろん二十面相の悪ぢえでした。)

あのふしぎな海底人たちのゆくえは、どうなったのでしょうか?

(わたしたちは、この海底人に、ＢＵＮＧＯ海底人という名まえをつけましょう。それはもちろん、この海底人が豊後水道で発見されたからなのです。)

アケチ式《しき》予《よ》言《げん》機《き》

ひとつ、小林くんやポケット小僧くんといっしょに、明智探偵の話を聞いてみることにしましょう。

――小林くんはイギリスの小説家Ｈ・Ｇ・ウエルズというひとが考えたタイム・マシンという、スクーターみたいなかっこうをしていて、ダイヤルをまわすと、むかしの国にも、未来の国にもゆける。機械をしっているだろう。

――しかし、ちかごろの科学小説はもっとすすんできていて、テレビのような機械がでてくる。これは「予言機」といって、電子計算機のうんとすすんだやつだ。ひとつ、アケチ式予言機に百年さきのことをたずねてみよう。ほら、スイッチをいれるよ。

(いったい、アケチ式予言機には、どんなけしきがうつったでしょうか? カラー・テレビをみているつもりで、明智探偵の話をきいてください。)

海の底のほうに、大きな四角い箱が見わたすかぎりギッシリならんでいるのがうつる。

プラスチック製らしい海底人の高速艇がやってきて、少年少女たちをおおぜいおろす。少年少女たちは海の底のほうにおりていって四角い箱と箱のすきまを、ちいさな魚どもをおいちらしながら、探検してあるく。なかには「かくれんぼ」や「鬼ごっこ」らしいことをしてあそんでいるものもある。

スピーカーの説明――みなさん。ここがどこか、わかりますか？　これは、百年後の東京であります。箱のようにみえるのはビルディングです。かんがえてみると、陸の上にいきていた人間というのは不便なものですね。地面にへばりついていなければならなかったのですから……。ごらんなさい。この海底人を！　スイスイと丸ビルでも東京タワーでもへいきでのりこえてゆくではありませんか。東京には修学旅行にくる海底人の少年少女のために、むかし陸上にすんでいた動物をかっている動物園、めずらしい記念品を売っているおみやげ店もあります。

（ここで、テレビはくらくなって、おわる。）

☆　☆　☆

「どうだい。ぼくの物語はおもしろかったかい？」夢からさめたような顔をしている小林くんとポケット小僧くんに明智探偵は、わらいかけました。しかし、諸君、あんしんしてください。百年後、東京が海底にしずむときまったわけではありませんから。

問題

さて諸君！　それはそうと、海底人ブンゴのエラは、何本でしたでしょう？

［答え］６本

（編注）本文53ページ下段17行目では「左右おのおの三本のわれめのある魚のようなエラを目撃した。」、54ページ下段11行目では「三本のわれめのある魚のようなエラというのはうそじゃない。」とあるが、63ページ下段2行目「のどにエラが四本ずつ、右と左にあるの見た。」との記述がある。ただし「四本ずつ」というのは二十面相の偽証なので、正解は左右三本ずつの合計六本ということになる。

のろいのミイラ

挿絵　武部本一郎

『少年』１９６２（昭和37）年夏休み大増刊 出題編掲載
『少年』１９６２（昭和37）年11月号 解答掲載

上野の科学博物館に陳列されていたミイラを皮切りに、世界各地でミイラが消失する事件が発生。やがてミイラたちは放射能をまき散らしながら、街中を歩きはじめる！

ミイラもまた当時の少年誌でしばしば取り上げげられた定番のモチーフで、昭和三十六年には、日本テレビで高垣眸原作の怪奇ドラマ『恐怖のミイラ』が放映されていたから、本作は当時の読者の興味を大いにそそったにちがいない。

モスクワに保管されているレーニンのミイラを調査するために、明智小五郎が少年探偵団を引き連れてソビエトまで遠征するという国際的スケールの物語だが、海外旅行が自由化される以前のこの時代、いともたやすくソ連に入国できてしまう明智の人脈が気になるところだ。例によって二十面相がからんでくるが、『宇宙怪人』を彷彿とさせる動機に注目したい。(野村)

◆江戸川乱歩先生出題探偵クイズつき♣

怪《かい》奇《き》物《もの》語《がたり》

のろいのミイラ

武部《たけべ》本一郎《いちろう》絵《え》

消《き》えたミイラ！

夏休みのはじまったばかりの、ある日のことでした。ポケット小僧くんたち、少年探偵団員は、さそいあわせて、上野の科学博物館へきていました。

「探偵は、なんでも知っていなけりゃいけないんだよ。」

ポケット小僧くんは、名探偵明智小五郎先生の、口まねをして、はじから熱心に見てまわっています。いっしょに、ついてきている小林くんもハッとするほどじょうずな、口まねです。

「えっへん！」

しかし、せきばらいの、まねまでは、むりでした。つい、みんながわらいだすと、よその人までふりむきます。博物館は夏休みなので、小学生や中学生でいっぱいです。

と、ポケット小僧くんが、あるガラスの

ケースの前でたちどまりました。

「おや？　ミイラって書いてあるのに、ミイラがないや。ぼく、ミイラ見たかったなあ。」

　なにかのつごうで、陳列をやめているのでしょうか。たしかに、ミイラと書いた解説のカードもあるのに、ガラスのケースはからっぽ。水のない金魚ばちみたいに、うすく、ほこりをかぶっているだけなのです。

「――あんまりあついから、どこかへすずみにいったんじゃないかなあ。」

　ポケット小僧くんが、ふざけてそういったときです。となりにいた女の子が、ブルブ

ルからだをふるわせ、スーッとたおれたではありませんか。

「いけない、脳貧血かな。」

　まわりにいたのは、少年探偵団のめんめんです
「頭をひくくして、ねかせるんだ。」

　と、てきぱき、手あてをはじめました。だれかが知らせたらしく、すぐ博物館の係りの人がとんできました。

「ヒバロ族のほし首を見て、気もちがわるくなったのかもしれませんね。」

　小林くんにそういわれて、係りの人は、ふと目を走らせましたが、なれているのか、うらめしそうな顔のぶきみなほし首を見ても、平気です。しかし、ミイラのケースを見たとき、

「あ。」

口を、ぽかんとあけたではありませんか。

「ない！　ミイラがなくなってる。ついさっきまであったのに！」

「ええっ？」

「きみたち、知りませんか。さっきまであった、ミイラがなくなってる！」

　貧血でたおれた女の子がうわごとをいっています。

「ミイラがない。ミイラがない……。」

　いったい、どうしたというのでしょう。

　ミイラは、博物館で陳列をやめたわけではなかったのです。その女の子が、二分ほど前にとおったときは、ちゃんとあったのです。そして、もう一ど見ようと思ってもどってきたら、もう、なくなっていたのです。

　博物館の中は、大さわぎになりました。

「ミイラが、ぬすまれた！」

「どこに、あったんだ、ミイラは。」

　おおぜいの人がおしかけてきます。小林くんたちは、けんめいにさけんでいました。

「警察の人がくるまで、現場をあらさないようにしてください！」

　ふってわいたような事件ですが、さすがは少年探偵団員たちです。あわてません。もちろん、明智探偵にも、すぐ電話で知らせてあります。明智探偵は、

「よし、ぼくがいこう。あたらしく団員になった人たちもいるし、いい機会だから、実地で勉強してみようじゃないか。」

　と、いったのです。

　警視庁から刑事と、鑑識課の人がきて、ガラスケースをしらべはじめました。ガラスをはずしたような傷あとなどはありません。指紋をしらべましたが、小さな、小学生のものが、いくつかでてきただけです。

「うーむ。どうやって、ケースからだしたのかな。」

　ミイラは、いわば人間のひものですし、ほし首のようにちぢめてはありませんから、人間ぐらいの大きさはあるわけです。そのうえ、かさばっていて、こわれやすいのですから、たとえ、じょうずにガラスケースから取りだしたとしても、はこびだせそうにもないのです。

　まして、昼間でおおぜい見学の人がきています。さ

いごに、ミイラを見た人の時間からポケット小僧くんが「ない。」と気がつくまで、いくらも時間がたっていないのです。まるで煙になって消えたか、それとも、ミイラが生きかえってガラスケースから出ていったのでしょうか。

ふしぎな放《ほう》射《しゃ》能《のう》

「や、ごくろうさん。」

明智探偵がきて、刑事や、博物館の人から、いろいろ聞きはじめました。そしてすぐ、意見をだしました。

「はこびだしにくいとすれば、まだ博物館の中にあるかもしれません。手わけしてさがしてください。こちらの現場は、わたしと、少年探偵団員がひきうけます。」

みんなは散っていきました。

明智探偵は、ガラスケースのわきに陣どりました。

ポケット小僧くんがいます。

「先生、質問があります。」

「なんだね？」

「ミイラがぬすまれたんだとしたら、二十面相じゃないかと思うんです。ぼくたちが、科学博物館にきているのを知って、挑戦してきたのじゃないでしょうか。」

ポケット小僧くんは、しんけんでした。ところが、明智探偵は、にこにこわらっているのです。

「どろぼうの名人は、なにも二十面相だけじゃないだろう。それに、なんでもむずかしい事件は、みんな二十面相のせいにしてしまうのは、よくないなあ。」

「はい。でも、先生、ミイラって、ねうちがあるんですか？　どうしてミイラなんか、ぬすむ人があるんです？」

「みんなはどう思う？　二十面相は、すばらしいねうちのある、美しいものをねらうことはあるが、ミイラをねらうだろうかな。」

ここ、科学博物館にあるミイラは、いわば学問上の参考品で、美しいどころか、きみのわるいものなのです。

明智探偵はつづけます。

「――まあ、むかしは、ミイラを粉にして、薬にしたそうだが、いまでは、そんな迷信ぶかい人がいるだろうかね。二十面相は迷信家ではないだろう？　人さわがせのいたずらか。ひょっとすると、めずらしいものをあつめる、コレクション・マニアのしたことか、そんなところだね。」

腕ぐみをした明智探偵の胸に、丸いバッジのようなものがついています。小林くんの知らないバッジです。

「先生。それは、なんですか？」

「ああ、これはきのう、千葉の放射線医学研究所へいったときもらってきた。放射線量計だよ。放射能にあたって危険になりかけると色がかわるんだ。それはそうと、きのう、おもしろいミイラが、西ドイツからとどいたのだ。」

少年探偵団員は、耳をそばだてました。

西ドイツ、ワッセルブルグの古城で、むかしの城主たちのミイラがいくつも発見されたのは、つい、一年ほどまえのこと。
サマースドルフ城というのがその名まえでしたが、現在の持ち主がふとしたことから、城の地下の墓所へいきました。ヨーロッパの古城には、たいてい、地下の墓所――カタコンブというのがあって、代々の遺体を棺におさめて安置しておきます。
ふつうは、何百年ものあいだに、しぜんに灰になってしまうのですが、どうしたわけか、どれもくさらずにミイラになっていたのです。
「ユングカンスト博士が専門に研究調査していたんだがね、みょうなことに、そのミイラには放射能があるんだそうだ。」

「へえ?」

「核実験のときの、放射性の降下物のえいきょうかもしれないという人があって、その方面では研究のすすんでいる日本の千葉放射線医学研究所に、ミイラがひとつおくられてきたのさ。」

そこまで話したとき、ふと、胸の放射線量計バッジに目をやった明智探偵は、目をうたぐりました。

バッジの色が、かわっているのではありませんか。

「放射能だ! 諸君、すぐ、ここをはなれるんだっ!。」

明智探偵が、いままでに、だしたこともないようなさけびです。ポケット小僧くんも、小林くんも、ほかの少年探偵団員も、なだれをうって、博物館の出口へ走ります。

さまよい歩《ある》くミイラ……

「どうしました?」

びっくりする刑事さん、博物館の人たち。

「あのミイラのガラスケースのあたりの放射能をしらべてください。」

「ええっ。」

しらべてみると、かなり強い放射能があるではありませんか。ガイガー計数管は、ガリガリザアーッとすさまじい音をたてて、放射能の強さを証明しています。人間が、むやみに近づいて、ながくその場にいたら危険なのです。

「小林くん、放射線医学研究所にいってみんな健康診断をしてもらおう。」

ミイラがぬすまれたどころではない。そんな気もちで、明智探偵は、京葉国道を自動車でつっぱしりました。

「よく、きてくれました。待っていたのです。これは明智さんにぜひおねがいしようと……。」

「いや、まってください なんのことです。わたしたちは、どうも放射能をうけたらしく、健康診断にきたのですが……。」

「え、あなたたちも? ここの職員で、あの西ドイツからきたミイラを研究していた連中もあぶないところ

だったんです。きゅうに、放射能が強くなりましてねえ。」

「それは、どういうことですか？」

「わかりません。西ドイツからきたときは、危険なほどの放射能じゃありません、ごくわずかだったのです。いま、研究できれば、きゅうに強くなったなぞがとけるでしょうが、明智さん、その西ドイツのミイラが、ふいに、なくなってしまったんですよ。放射能は目に見えないから、ずいぶん危険です。」

「ふーむ。」

一日に、ミイラが二つもなくなるとは、どうしたことなのでしょう。

明智探偵や小林くんたちは健康診断の結果、まず安心ということでしたが、町は、大さわぎです。

「明智小五郎も、やられたそうだ。」

「警察は、すぐミイラをさがしだすべきだ。なにをぐずぐずしてるんだ。」

ラジオでも、テレビでも、ミイラのことばかり報道しています。夕刊も、でかでかと書きたてました。

つぎの日の朝です。ポケット小僧くんは、団長の小林くんをたずねました。

「だいじょうぶ？　かみの毛がぬけたりしない？」

「だいじょうぶさ。放射線医学研究所で安全だっていってたもの。……明智先生のところへいってみようか。」

「うん。」

なんとなく気がかりなのです。明智探偵がこの怪事件にのりだすとしたら、手つだいもしたいのです。

そのとちゅうです。

「わあーっ！　でたあっ！」

大声をあげて、走ってくる小学生の一団にであいました。小林くんが、とめて、ききました。

「きみ、なにがでたの？」

「ミイラだよ！　ミイラ。」

おびえた声です。

「ぼくは、少年探偵団の小林だよ。どこ？　どこにミイラがあったの？」

「ちがう。あったんじゃない。ミイラが、あそこを歩いてたんだよ。」

うそをいっているのではなさそうです。ポケット小

僧くんは、身ぶるいしました。しかし、さすがは、小林くんです。きっぱりと、

「よし、いってみよう。」

しかし、教えられた、学校の裏の道には、くっきりと街路樹のかげがうつっているだけ、犬の子一ぴきいません。

小学生の話だと、なんでも、たったいまプールへいこうとして友だちと歩いていたら、ふいに横町からでてきたのだそうです。

「手も足も、かれ木みたいで、カサカサにかわいて……でも、目だけが光ってた。」というのですが、やせっぽちな人を見まちがえたのではないでしょうか。

ポケット小僧くんがいいました。

「ミイラが、放射能で生きかえったんだ。それで、町を歩いてるんだ。」

小林くんは、ポケット小僧くんを目でたしなめました。そんなことをいっては、さわぎが大きくなるばかりではありませんか。

「――いそごう。早く明智先生にあおう。」

ポケット小僧くんと小林くんは、ボーイスカウトの歩調で道をいそぎました。歩いて、走って、歩いて、走って……これをくりかえしていく、つかれないやりかたです。

ふたりのかげが、かどをまがって消えると、みなさん、どうでしょう。強い夏の日光の下に、ひょいとでてきたのはミイラではありませんか。

「ウフ、フフ、フフフ……。」

と、かわいた声でわらっています。

そして、ゴソッ、ゴソッと歩きだしたのです。ミイラが歩く！　ミイラが生きかえったのです。そんなはずがないといっても、これは事実でした。

のろいのことば

明智探偵事務所のドアをあけたとたん、ポケット小僧くんは、目を白黒させました。

「キャア、ミイラッ！」

ミイラが、机の上に横たわって

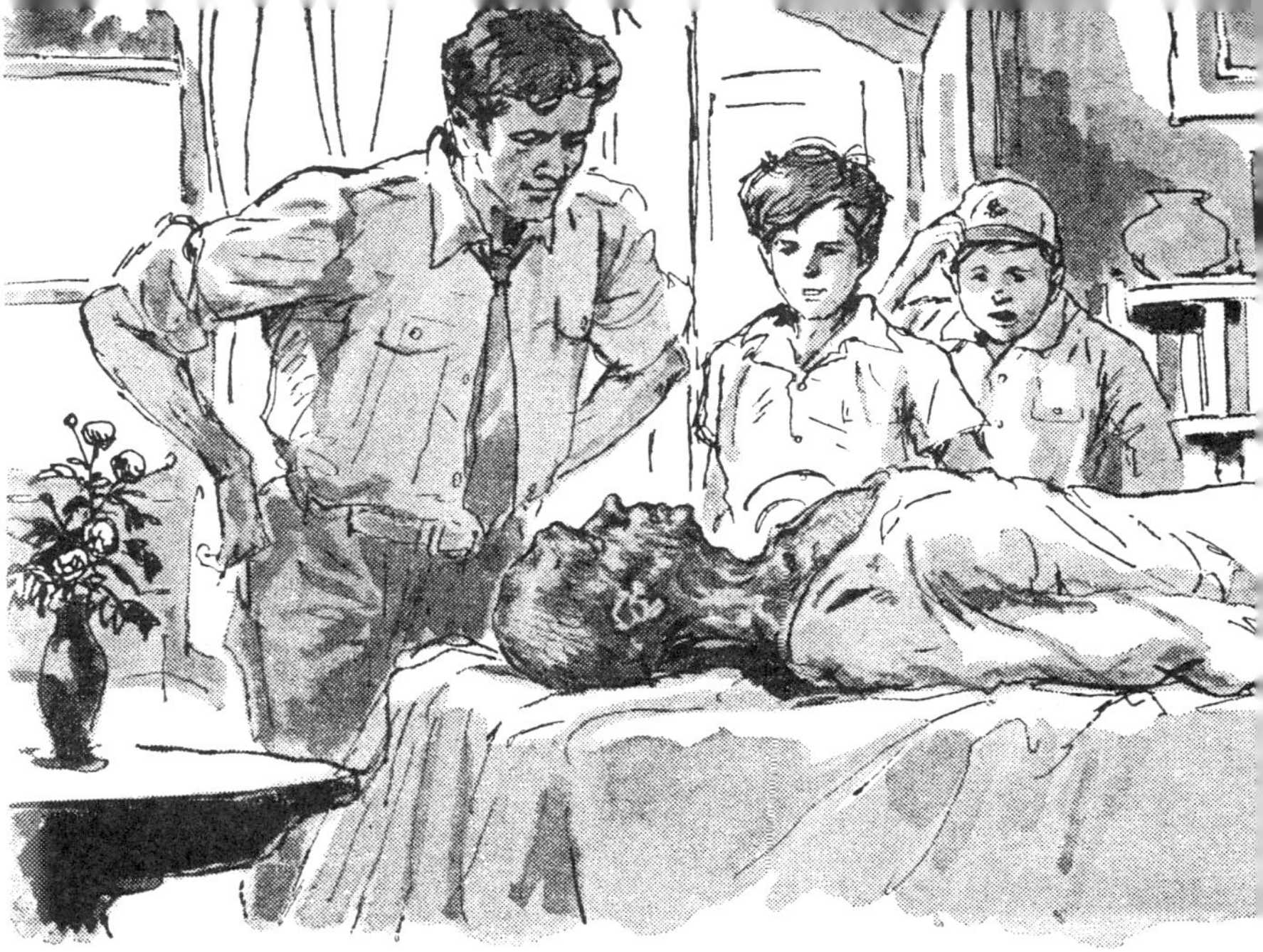

いるではありませんか。シーンと、つめたい空気がたちこめています。

明智探偵は、わらっています。

「やあ、びっくりしているね。ミイラだけれど、これは、まだ歩きだしたりしていないよ。放射能もない。研究しようと思って、大学からかりてきたのだよ。……立っていないで、そこにかけたまえ。」

ふたりはびくびく腰をかけて、いま、であった小学生たちの話をしました。明智探偵は、うなずいていました。

「そんなこと、あるものか。」と、うちけしてくれるかと思ったら、こういうのです。

「うん。警視庁から知らせてきているが、ゆうべの夜のうちに、新宿駅と秋葉原駅。たったいま、深大寺の森の中で、それらしいミイラを見かけたという報告で、パトカーが飛んでいってる。見まちがいではないらしいよ。」

「じゃ、やっぱり、歩くんですか？」

「そうらしいな。有名な、岩手県平泉の中尊寺のミイラも、いなくなったそうだ。」

「ええっ。」

中尊寺には、むかし、東北地方に勢力をふるった藤原氏三代の清衡・基衡・秀衡の遺体がまつってあったのです。

日本には、まだミイラがいくつもあります。山形県のあちこちのお寺にある、えらいお坊さんのミイラです。そのミイラも、いなくなるのでしょうか。そして、危険な放射能をまきちらすというのでしょうか。

エジプトには世界的に有名なファラオ（王）のミイラがありますし、中・南米には、むかしさかえたインカ帝国のミイラ、おとなりの中国にもあります。

西ドイツのもののように、自然にできたもの、日本のえらいお坊さんのように自分で断食してなったミイラ、それから、内臓や脳をぬいたり、布をはりつけたり、ウルシをぬったりしたものもあれば、塩づけ、アルコールづけ、天日でほす、煙でいぶすなどと、でき方も作り方もいろいろのミイラがあるのです。

どのミイラでも同じなのは、それが、死んだ人のからだだということ。死んだ人は、歩きまわるはずがない……ポケット小僧くんがじぶんにいいきかせて、目の前のミイラとにらめっこをしていたときです。

「あーっ！」

机の上のミイラが、首をうごかしたのです。持ちあがるような感じでうごきだしたのです。

小林くんは、身がまえて、サッと七つ道具のひとつ、ロープをとりだしました。

「まて、近よるな。」

明智探偵は、するどい目をミイラにそそぎ、きゅうに大きな声でいいました。

「ぼくの前で、そんなことはやめたまえ。」と、どうでしょうか。ミイラは、机の上にまたおりてきたのです。それきり、うごきません。

集団幻覚——三人そろって、同じまぼろしを見たのでしょうか。

しかし、明智探偵はミイラの正体が何者なのか、わかったらしいのです。うわさは、うわさをうみ、日本中でミイラが歩きまわっているような感じになったのは、それからまもなくでした。

心配していたとおり、山形県のいくつかのミイラも、つぎつぎにすがたを消し、あとに強い放射能をのこしていくのです。

ミイラのあった場所に、こんなことを書いた紙きれが落ちていたという記事が新聞に出ています。

《われらよみがえるとき

生あるもの　すべて　死す。》

ミイラが動きまわるときに生きているものが、ぜんぶ死ぬというのは、のろいのことばではありませんか。

同じことばを、歩きまわるミイラからじかにきいた、ぶつぶつつぶやくようにいっていた、という人もおおぜいいました。

「たんなる盗難事件である。捜査中であるが、歩きまわるなどというのはデマである。」

と、政府は談話を発表しましたが、そんな声はかきけされてしまい、その日のうちに、大臣の官邸の中を、例の《われらよみがえるとき　生あるもの　すべて死す。》ということばをつぶやきながら、ミイラが歩いていたのです。

救《すぐ》いを二十面相《めんそう》

西ドイツのミイラも、エジプトのカイロ博物館のミイラも、いっせいにでかけてしまい、さわぎは世界的になってきました。

わが名探偵、明智小五郎は、なにをしているのでしょうか。おそれをなして、ひっこんでいるのでしょうか。ちがいます。ちょうど夏休み、少年探偵団もだまっているわけはありません。

外務省へでかけたり、予防注射をしたり、いそがしく海外旅行の準備をしていたのです。そして、ある日、明智探偵と小林くんたち団員は、羽田空

港からとびたちました。

行き先は、エジプト、西ドイツ？　ちがいます。みんなはソビエトの首都モスクワへいったのです。

みなさんは知っていますか？　モスクワにも、ミイラがあります。一九二四年になくなった、ロシアの英雄レーニンが、生きていたときそのままのすがたで、ガラスのふたつきの棺の中におさまっているのです。

レーニン廟といい、名所のひとつになっています。ミイラが生きかえる話は、ソビエトにもつたわっていました。

「世界中のミイラがうごきだしたのに、ソビエトだけうごかないのは、おかしい。ここに、なぞがあるのではないか。」

明智探偵は、自宅においたミイラまで、いなくなってしまった夜、ふと、ソビエトへいってみようと思いたったのでした。

明智探偵を先頭に、ポケット小僧、小林くんたち団員は、長い行列のあとについて、大理石のレーニン廟のとびらをはいります。

「ねむっているようだなあ。」

ポケット小僧が、そっと顔を近づけたときです。どうでしょう。小鼻がピクピクと二、三どうごいたかと思うと、目が、そうっとあいたではありませんか。

「うむ。」

明智探偵も、のぞきこみます。ガラスのむこうで、レーニンのミイラの口が、うごいています。声はきこえません。しかし、明智探偵は、

「そうか。わかった、わかったよ。」と、うなずいてみせると、なにくわぬ顔で外へでました。

「わかったよ、ってなんです?」

団員が、口々にききます。

「二十面相くんだったとはね。まさかと思ったが、二十面相だった。くちびるのうごきで話がわかるのさ。読唇術だよ。」

レーニンのミイラだと思ったのは、なんと二十面相だったのです。二十面相――あの、どろぼう芸術家、変装の天才なのです。

二十面相なら、博物館や寺からミイラをぬすみだすことぐらい、たやすいこと。そして、歩きまわるとみせたのは、二十面相一味の変装だったというのです。

「だけど、どうして、そんなこと?」

小林くんは首をひねります。明智探偵はいいました。

「二十面相は、核実験をつづけると放射能のために、ミイラまでが動きだすぞ、とおどかすために、ああいうさわぎをおこして、もっと世界の人が、核実験中止に関心をもつようにしむけたのだそうだよ。」

「へえ!」

「それで、さいごに、いちばんむずかしいソビエトまできて、レーニンのミイラといれかわったまではいいけれど、見はりが厳重で、身うごきがとれなくなったといっていたよ。」

「へええ。」

ほうっておけば、二十面相はほんとのミイラになってしまうでしょう。ソビエトの警察にとどけたら、死刑になるかもしれません。悪者でも、こんどのことは、よい動機から出たのですから、たすけてやりたいものです。

☆　☆　☆

つぎの日、明智探偵以下全員はそろって、もう一どレーニン廟へでかけました。レーニンの遺体にばけた二十面相は、うれしそうに片目だけあけてあいずしました。と、
小林くんが、ふいに、ばったりたおれました。目をまわして、いかにもくるしそうです。
「たいへんだ、急病人だっ!」

ロシア語のさけび声があがり、人がよってきました。少年探偵団の人たちも、ガヤガヤさわぎだしました。

　そして、小林少年が自動車ではこびだされるほんの数分のあいだ、レーニンの遺体が、フッとガラスのケースの中からいなくなり、またもどってきたことに気がついた人はありませんでした。じつは、二十面相がケースから出て、ほんもののミイラをおきなおしたのですが、それを見ていたのは明智探偵と探偵団員たちだけでした。

　二十面相は、すぐ観光客に変装して、明智探偵と肩をならべて歩きだしました。

「小林くんは、演技力があるよ。」

　二十面相がいいます。明智探偵が答えました。

「それほどでもないが、きみの変装のあざやかなのにはおどろくなあ。だが、これにこりて、人さわがせはやめることだよ。」

　みなさん二十面相は明智探偵はじめ少年探偵団員の力でたすかりました。しかし、二十面相はこんなことをいっていましたよ。

「明智くん、どうもありがとう。だが、きみとぼくとの力くらべ、ちえくらべは、おわったわけじゃないからね。」

　みなさんも、どこかで、ほんもののミイラを見る機会があることでしょう。そのときは、どうか二十面相がミイラを使ってさわぎをおこしたことを思いだしてください。

　ミイラの放射能は、もうなくなっているでしょう。西ドイツのミイラにあった、はじめの放射能はまだなぞですが、あとのは二十面相が、放射性物質の寿命のみじかいのをまいておいたのだそうです。（おわり）

もんだい

■ミイラ事件も、ぶじ解決しましたが明智探偵は、なぜレーニンのミイラにばけた二十面相が救いをもとめているのを知ったのでしょう？　それは、二十面相が○唇○を使ったからです。○の部分に正しい字を入れてください。

［答え］㊕唇㊗

魚人第一号！

挿絵　武部本一郎

『少年』１９６３（昭和38）年お正月大増刊 出題編掲載
『少年』１９６３（昭和38）年４月号 解答掲載

トンデモ系の多い本シリーズのなかでも、ひときわぶっ飛んでいるのが、この作品。フランケンシュタイン博士の孫だというマッドサイエンティストと手を組んだ二十面相が、人間たちをさらってきて、エラ呼吸ができる魚人への改造手術を施し、海底牧場の奴隷として働かせようという遠大な計画をもくろむのだが、その準備段階がすごい。最初に拉致した男を催眠薬によって通常人の二十倍のパワーを持つ超人に仕立てあげ、他の魚人候補たちを力ずくでさらわせてくるのだ。注射一本でそんな超人がつくれるなら、手間ひまかけて魚人に改造する必要などまったくないと思うのだが……。(野村)

恐怖物語《きょうふものがたり》
魚《ぎょ》人《じん》第《だい》一号《ごう》！
江《え》戸《ど》川《がわ》乱《らん》歩《ぽ》先《せん》生《せい》出《しゅつ》題《だい》のクイズつき

☆冬休みの一日一泊旅行を楽しむ少年探偵団員の目のまえにあらわれた、大海ヘビ！　しかも事件は、意外な方向へと発展していく？……

ネス湖の怪物《かいぶつ》か？

「そいつは、恐竜のような頭をまっくらな海面につきだして、青い火のようにもえているんですって……。」

〈青い海ヘビ〉が出る！　いま平田教授や小林少年は、ポケット小僧くんから、そのうわさを聞きましたが、まさかそんなことが、と

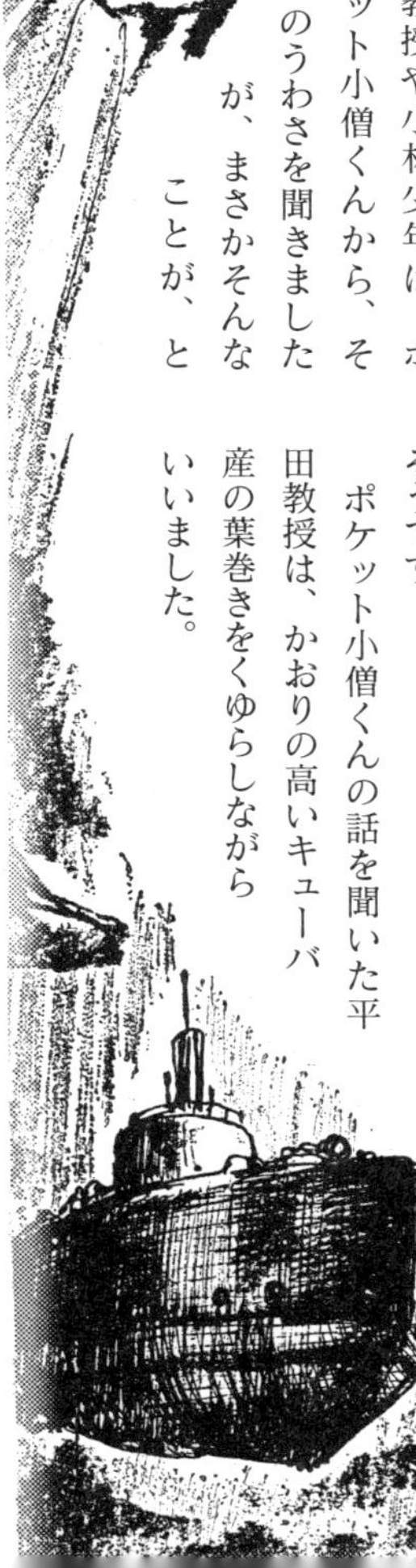

本気にはできませんでした。

ところは伊豆半島の熱川温泉です。

少年探偵団の全員は、団員の平田くんのおとうさんにつれられて、平田くんの別荘に一泊旅行にきたのです。

その日の四時ごろ、寒い風のびゅうびゅうふく海岸にでかけたポケット小僧くんたちのところへ、漁師のかっこうをしたひとりのおじいさんが、おびえたような顔をしてたずねました。

「あんたらは東京の学生さんかい？」

そうですよ、とポケット小僧くんがニコニコしながら答えますと、そのおじいさんは、ひそひそ声でこの浜には、夜になると、青く光る小山のような海ヘビがでるから気をつけるのだよ、といったのだそうです。

ポケット小僧くんの話を聞いた平田教授は、かおりの高いキューバ産の葉巻きをくゆらしながらいいました。

「ふん、ネス湖の怪物が、日本までやってきたかな。」

「先生、なんですか、ネス湖の怪物って?」

　小林少年がたずねると、平田教授はすぐに説明してくれました。スコットランドにあるみずうみに恐竜のような怪物が、ときどき姿をあらわすことがあり、そのみずうみは、大西洋につづいているというのです。

　その怪物の話をしているとき、外の海を見ていたポケット小僧くんが目をまるくしました。ふわふわと口をうごかしていますが、声がでてこないのです。そのほうをちらりと見た平田くんが、さけびました。

「おとうさん、でたっ!」

　その声に窓に近づいた小林少年の目にも、首をもたげた大海へビの姿が見えました。恐竜のような頭をまっくらな海面につきだして、青い火のようにもえているのです。

　小林少年は、平田教授のほうをむいていいました。

「先生、あの薬をぶちこんでやれば、つかまえられるかもわかりませんね。」

「うん。だが、いまから鉄砲の弾丸にしこんだって、まにあわんだろう、それにもぐってしまえば、あたらんよ。」

　そういって平田教授は、さっさと玄関のほうにでて

いきました。

「えさにまぜて、なげてみます。たべるかもわかりませんから。」

小林少年は、なおもあきらめずに、居間のたなのところへいそぎました。

波うちぎわへ歩いていく平田教授は、漁船のかげにふたりの人間がかくれていることなど、まったく気づいていないようです。

小林少年がえさにしこもうといっていたのは、トレーサーという薬でした。無害な錠剤ですが、のみこむと胃液にとけて、からだ中に薬がまわり、極超短波の電波を一週間のあいだ出すというのです。平田教授が作った薬で、BDバッジのかわりに使ったらどうかとみんなに一つぶずつくれたのです。そのほかに五つぶを、まんいちのときの用意にと、小林少年にくれたものを、居間のたなにおいておいたのですが、どこをさがしても見つかりません。

「あっ！　きえたぞ。」

くらい海面から怪物の姿がパッときえて、みんながおどろいたと同時に、平田教授の姿も砂浜からきえていたのです。

みんなの心配をよそに、教授はよく朝になってももどってきませんでした。その知らせを聞いた明智探偵は、

「とにかく東京にもどってきたまえ。警視庁には、ぼくが連絡する。それにしても、手がかりがないとは、

海底牧場《かいていぼくじょう》をつくってな、フフフ……

ざんねんだな。海へビ相手じゃねえ。」

そういわれて考えてみると、小林少年がちょっとふしぎに思うのは、あのトレーサーのことですが、それも平田教授がもっていったかどうかは、さっぱりわからないのです。

魚《ぎょ》人《じん》製《せい》造計画《かく》

場面はかわり、怪潜水艇の中では、平田教授が手術台の上にのせられています。そのそばに立っている白髪の老人は、ぶつぶつとわけのわからぬことをしゃべっています。

そのそばには、もうひとりの老人がいます。そいつは、意外に若々しい声をだしました。

「平田、あっさりつかまったな。あの青い海へビは、

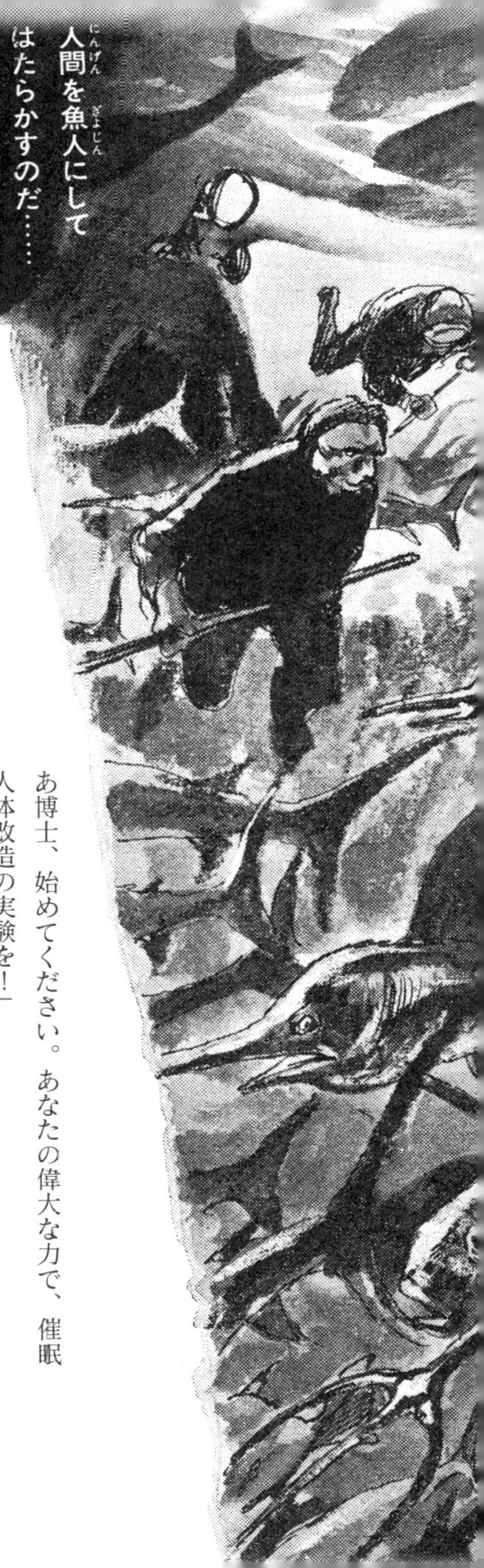

この潜水艇にさいくしたんだ。おまえをとらえるワナにな。」

平田教授は一言も答えません。麻酔弾をうたれて、からだを動かせないのです。

「このかたは、世界一の生物学者、リンドナー博士だ。十九世紀最大の人工人間を作りだした、ジェノバの科学者フランケンシュタイン博士の孫だぞ。さあ博士、始めてください。あなたの偉大な力で、催眠人体改造の実験を！」

「フッフッフ……では、やろうかの。わしと、ここにいる二十面相のことばしかわからない怪物に、おまえはかわるのだ。」

くるった大科学者リンドナー博士は、平田教授の腕に注射の針をぶつりとつきさしました。赤い液体が、みるみる血管の中にはいっていきます。

「この注射薬が、血液中の細胞にとけこみ、からだの全細胞は、四日の間に鋼鉄よりもかたくなるのだ……力は機関車よりも強く、高いビルディングもひとっ飛び、スーパーマンにおまえはなるのだ。百

メートルの海底でも自由にはたらける魚人に……。」

二十面相はわらいました。

くるった科学者は、つぎに鋼鉄のおわんのようなものを平田教授にかぶせました。

「これで、わしのいうことは、はっきり聞こえるぞ。おまえは、わしとここにいる二十面相の命令のほかは、だれにもしたがわないのだぞ。おまえはいまから、こんな顔になるんだ、よく見ろ。力は、二十人の大男が集まったよりも強い怪物になるのだ。」

リンドナー博士が平田教授の顔の上にかざした写真は、死んだような目、四角いあご――あのフランケンシュタインの怪物です。あらしの夜に、かみなりの電気を使って生命をあたえられた、あのおそろしい人工の巨人です。

写真を見る教授のほおの筋肉が、ぴくっと動きまし

た。また、ぴくっ。ゆっくりと、その顔が変にゆがんでいきます。まぶたがおりてきて、うす目をあけています。

教授の服をさぐっていた二十面相は、そのポケットにはいっていたビタミン剤のびんを見つけると、ニヤリとわらって博士にわたしました。博士はレッテルを見ると、そのなかみの五つぶを、のんでしまいました。二十面相はあとをつづけました。

「ビタミン剤か……博士のために気をくばってもらったようなもんだな。だが、これからのおまえは、人間をさらうことが任務

なぞのフランケシュタインは、男《おとこ》をこわき
疾風《しっぷう》のように、にげさっていく……

になるのだ。元気な人間をな……なぜだか、教えてやろう。

われわれは海底牧場を経営するのだ。海底を牧場とかえ、魚やくじらを思いのままにかって、あらゆる海産物をそだてるのだ。おれは、世界最初の海底牧場王となる。その牧場ではたらく労働者をおまえが誘かいしてくるのだ。おれたちはそいつらを、生まれながらの水中人間のように思いこませ、肺を取りさって、魚のようなエラをつけ、自由に海底でくらせる魚人にするんだ。おまえもそのうち、そうなるんだ。そのうえ、おまえが作りだす薬の電波で、魚人たちのいるところがわかるというわけだ。」

なんということでしょう。二十面相とこの博士は、人間を魚にかえ、海底に作った牧場ではたらかせようとしているのです。

トレーサーを作った平田教授は、海底牧場に使われるどれいを集める人さらいにされ、そのどれいが海底でゆくえ不明にならないために、どれいにのませるトレーサーをつぎつぎと作らされるのです。

☆　☆　☆

それから四日めの夜、東京都内で十五人の人間がゆくえ不明になりました。

そのうちのふたりが誘かいされるのを見た人がいましたが、その誘かいした男は、まるで怪物のような顔をしていたといいました。

五日めの夜には、ふしぎな事件がおこりました。一けんのたばこ屋のショーウインドーを素手でやぶった男がいました。でも手には、なんの傷もうけず、葉巻きだけをとってにげました。それを見つけたひとりの青年は組みついていきましたが、あべこべになぐりたおされ、その男につれさられてしまいました。東京の夜は、恐怖を意味するようになりました。

そのあくる朝六時、明智探偵のところに警視庁の中村警部から電話がかかってきました。

「明智くん。ふしぎなニュースがはいったんだ。午前二時ごろ、新宿でひとりの男がおそわれた。パトロール中の警官が発見したが、これはなぐられて気絶した。その警官が目をさましてから話すのを聞くと、犯人は、すごくおそろしい怪物のような感じだったそうだ。服装は、黒い背広に茶色のネクタイ。オーバーは着ていない。きみのいっていた平田教授の服装にそっくりじゃないか。」

「うん。それに葉巻きの件がね……。」

「携帯ラジオがしゃべっているような声がしていたそうだ。その犯人はにげた。現場ふきんにいた五台のパトカーが急行し、一台は、そいつらしい男を見つけたが、ものすごい勢いで荻窪へ行く都電の通りを走っていったそうだ。それから二十分後、杉並区役所のちかくで、またふたりの男がさらわれた。ふたりの男を両わきにかかえて走る姿を見たものがいる。」

それから一時間たった七時。明智探偵は小林少年が、もしかするとトレーサーを、その怪人がのんでいるかもしれない、というので、団員を集めて命令しました。

「いま説明したとおり、犯人が平田教授だとは思えないが、いちおう捜査に協力しよう。念のために、受信器をもって行動することにする。トレーサーを教授がのまれたと、かりに考えて、ひとりが半径五百メートルの範囲内をさがすことにしよう。

そこで杉並区役所を中心に、半径五百メートルおきに受信機をもって、タクシーにのり、円をえがく。いちばんはしの馬場くんは三鷹駅から武蔵関、石神井公園、豊島園、東中野、初台、下北沢、経堂、仙川と約六十キロメートルを走ることになる。いちばん中心のほうから、おわった順番に、いちばんはしのほうへ協力する。こうすると円内の地域全部をさがせることになる。さあ、かかってくれ。タクシーはもう用意してある。指揮は小林くんがとる。」

明智探偵の号令一下、十人は受信器をかかえてとびだしていきました。

明智探偵は捜査に加わらず、なにを考えたのか、大学時代の先輩で、心理学専攻の須藤博士のところへいそぎました。

名探偵《めいたんてい》の推理《すいり》

「須藤先輩、あの怪物、人さらいだが、葉巻きをぬす

むってところですが……。」

「うん、平田教授が葉巻きがすきだったというんだろう……そこで、きみの考えているのは……。」

「平田教授が怪物になった、などと考えられるかってことなんです。」

須藤博士は、大きなからだをゆすっていいました。

「ぼくのところへきたところをみると、催眠術かなんかで、悪人にかわるかどうか、聞きたいんだろ?」

須藤博士は心理学を大学で教えており、催眠術でも日本で有数の名人なのです。

「催眠術で暗示をうけたばあいは、かけられた本人は、自分のいやなことは原則としてしないはずだが、スパイを自白させるときなどに使う、強力な薬をのませて催眠術をかけると、そういうことも考えられる。」

「すごい力もちになるというほうは?」

「催眠術をうまく使えば、理論的にはできるはずなんだ。人間は、自分のもっている力を、ふつうのときには二十分の一ぐらいしか使っていないそうだよ。たとえば、火事のときに、病院でねていたおばあさんがタンスをかついで出ていった、というような話を聞いたことがあるだろう……。」

そのとき電話がなりました。電話は、いちばん中心をまわる役をあたえられたポケット小僧くんからでした。

「ぼくポケット小僧です。雑音をつきとめました。杉並区役所のまわりをおわって、三鷹駅から馬場くんと逆に南へまわったんです。現場は下連雀の禅林寺の東約百メートル、赤屋根の家ぼくはその東五十メートルにいます。」

「すぐいく、まっていたまえ。」

その報告を聞くと明智探偵は、さっそくでかけることにしました。須藤博士も同行するといいます。

☆　☆　☆

明智探偵が現場につくと、もうそこには中村警部もきていました。そして、明智探偵の話を聞くと、目をまるくしました。

まだ二十人力《にんりき》の力《ちから》がのこっている平《ひら》田《た》教授《きょうじゅ》は、このときとばかり、二十面相《めんそう》を分銅《ふんどう》のようにふりまわした!

「警部、この家には、怪物にされた平田教授のほかに、もうひとり、天才的な催眠術師がいるはずです。問題は、そいつをうまくつかまえることだ。」

明智探偵のことばに警部がうなずいたとき、ポケット小僧くんがさけびました。

「あっ、車がでてきます。」

みんながさっとそちらをむくと、赤屋根の家から一台の車が、南へ走りでていきます。警部が手をふると、一台のタクシーがその車のあとを追って動きだしました。私服の刑事と小林少年がのっているのです。

しばらくすると中村警部がいいました。

「さっき報告がとどいたところだが、あの家をかりている外人は、いまホンコンへ旅行中だと、家主さんがいっていたそうだ。これがかぎだ。」

「すると、やつらは、ひとの留守宅に不法侵入しているわけだ。こいつはいい。」

中村警部からそのかぎを受けとると、明智探偵は須藤博士にいいました。

「先輩、あの家のなかに麻酔ガスをしかけましょう。そして、中へはいってしらべるんです。その怪人とやらをつかまえるときに必要かと思って、もってきたんです。」
そういうなり、明智探偵は、さっと大きなガラスびんをもってでかけました。
「おっ、学校よりおもしろいぞ。」
須藤博士はそういうと歩きだしました。

「先輩、いっしょにはいりましょう。」

明智探偵は、玄関の中にはいっていき、ろうかの奥までいくと、手にもっていたガラスびんをポイとなげだしました。ガチャンとわれて、透明な液体が流れだします。

明智探偵と須藤博士は、いそいで外へでると、大きく息をしてドアをしめました。

「なんだ、ぼくの出る幕はないじゃないか？」

「まあ、もうちょっとのごしんぼうですよ、先輩。三十分たったらガスマスクをかぶって、もう一ど攻撃です。」

中村警部や、ほかの警官、少年探偵団員たちが集まってきました。パトカーの姿も見えます。

ふりまわされた二十面《めん》相《そう》

いっぽう、赤屋根の家から走りでた自動車には、怪物にかわった平田教授と二十面相がのっていました。

「教授、おまえは力もちになったが、あまりはでにやるから、目をつけられてこまる。だから、まず、おまえを最初に魚人にかえて、海の底ではたらいてもらうよ。労働者の監督をさせてやるからな。」

こうしてふたりの車は、芝浦の岸壁につきました。二十面相は、大きな団平船（和船で肥料や雑荷をはこぶ船）に、平田教授をつれてのりこみました。

「これはな、潜水艇の上にかぶせてあるだけなんだ。沖へでたら、団平船はすててしまう。おまえは手術場のある島へいくのだ。ここでしばらく見はっているんだぞ。」

そういう二十面相は、ハッチをあけて潜水艇の中におりていきました。

☆　☆　☆　☆

そのすこしまえ、三鷹の現場では、家の中にたおれていた四人の男を発見したのです。明智探偵の推理はうまくあたりました。須藤博士はつかまえた全員に催眠術をかけ、そのうちのひとりの老人がリンドナー博士だと知ったのです。そして、博士と二十面相が、怪物とかわった平田教授をあやつる命令は、超短波の無電でおこなうことを知り、催眠術にかかった博士に平田教授よ、正気にもどれと放送させたのです。

団平船の上に立っていた平田教授の耳に、ポケットに入れてあった携帯ラジオのなる声がしました。

〈平田教授、こちらはリンドナーだ。正気にもどれ。命令だ。いっしょに行った男は二十面相だ。つかまえろ。二十人力のほうは、正気にもどって十時間もたてば、もとにもどるから心配するな。〉

でも、教授にはその命令が通じなかったのか表情もかえずじっと立っていました。やがて団平船が岸壁をしずかにはなれて沖へ百メートルほどいったとき、怪物平田教授は、とつぜん、行動をおこしました。まず潜水艇のハッチに両手をかけるとものすごい力をだしました。顔がまっかになりました。十秒、二十秒、ハッチはバリンと大きな音をたててはずれました。それを平田教授が海の中になげこんだとき、二十面相があがってきて、恐怖におびえたような声をだしました。

「なにをするんだ。こら！　水の中にもぐれなくなってしまったじゃないか！」

そうどなった二十面相を、ひょいとこわきにかかえた平田教授は、片手で、潜水艇をおおっている団平船を、ばらばらにこわしはじめました。

そのころ、二十面相のあとを追った小林少年の報告に、警視庁は自衛隊の協力をえて、明智探偵と少年探偵団の全員をのせた大型ヘリコプター二台を、芝浦岸壁の上空に飛ばせてきました。団員たちがかん声をあげるなかで、平田教授は、もとのやさしい顔になっていましたが、力だけはまだ怪物なみで、木造船をばらばらにこわしつづけていました。潜水艇にとじこめられている三十人ちかい人々が助けられるのも、もうすぐです。

ヘリコプターからのかん声に答えようと平田教授は、二十面相の片足をつかむと、大きくふりまわしつづけました。

☆　☆　☆　☆

平田教授は、おとうさんがぶじにかえってきたので大よろこびの平田くんをだきしめながら、小林少年たちに説明しました。

「頭の奥に、どこかきみたちに知らせなくてはという意識はのこっていた。葉巻きをぬすんだのは、そのためさ。明智さんが催眠術のことに気づいてくださらなかったらいまごろは、ぼくは魚になっていたろうね。潜水艇の上にいたとき、ラジオの声を聞いて、すぐ正気にもどりはしたが、二十面相のやつをびっくりさせてやろうと思ってね正気にもどっていないような顔をしばらくしていたんだが、おかしくって苦しかったよ。」

といって、たばこをだそうとしましたが、まだ、平田教授には二十人力がなくなっていないので、せっかくのたばこがちぎれてしまいました。みんなは、それを見て、どっとわらいました。

（おわり）

もんだい

■フランケンシュタイン事件もぶじ解決しましたが、リンドナー博士が、ビタミン剤だと思ってのんだのは、いったい、なんだったのでしょう。それは平田教授が発明した〇〇〇〇〇でしたね。

［答え］トレーサー

死人《しびと》の馬車

挿絵　高荷義之

『少年』1957（昭和32）年秋の大増刊 出題編掲載
『少年』1957（昭和32）年12月号 解答掲載

インドネシアから来日した紳士が話しはじめたのは、世にも奇妙な事件だった。家の中で死体になっていたはずの中国人夫婦が、その直後、馬車に乗ってくつろいでいたというのだ。

明智小五郎も少年探偵団も登場せず、大半が異国で発生した奇怪な事件について語られる異色作。熱に浮かされたような独特の語り口調が怪奇ムードを盛り上げているが、この作品では超自然現象で片付けられることはなく、すべての謎がきちんと合理的に解決される。クイズ部分も推理力が要求されるが、挿絵が重要なヒントになっている。（野村）

江戸川乱歩先生《えどがわらんぽせんせい》の探偵《たんてい》クイズ

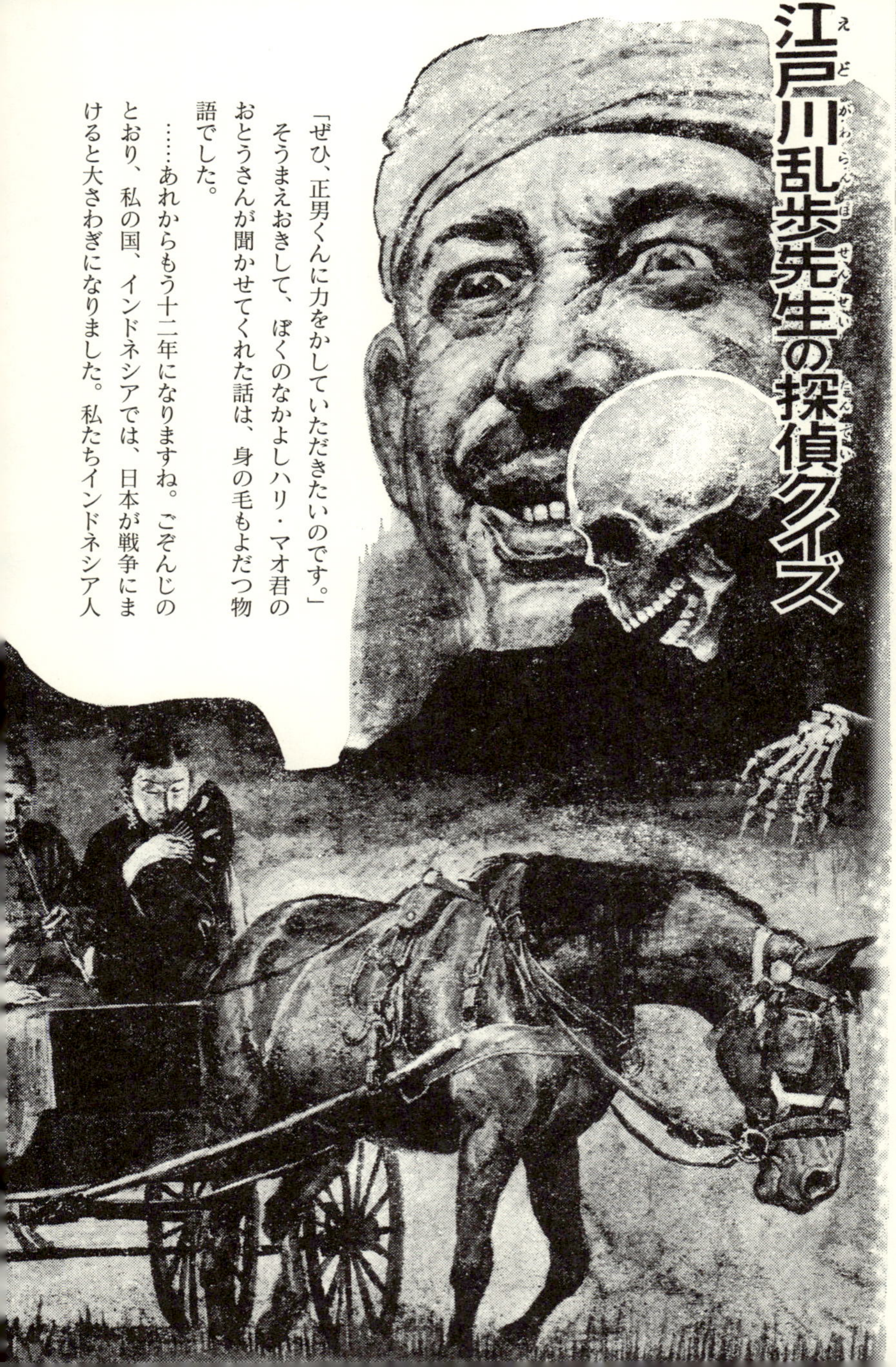

「ぜひ、正男くんに力をかしていただきたいのです。」

そうまえおきして、ぼくのなかよしハリ・マオ君のおとうさんが聞かせてくれた話は、身の毛もよだつ物語でした。

……あれからもう十二年になりますね。ごぞんじのとおり、私の国、インドネシアでは、日本が戦争にまけると大さわぎになりました。私たちインドネシア人

怪《かい》奇《き》探《たん》偵《てい》小《しょう》説《せつ》

死人《しびと》の馬《ば》車《しゃ》

え：高荷義之《たかによしゆき》

がオランダから独立しようと、銃をとってたちあがったからです。そうはさせまいとオランダ軍が上陸してくる。とうとう血なまぐさいうちあいになり、私もインドネシアの独立軍のなかまにはいって、足かけ四年間も山おくでゲリラ戦をやりました。町はみんなオランダ軍に占領されていましたからね。

家族のものは、すみなれたわが家をたちのいて、いなかにひなんしていたのです。ちょうど、この子（ハリ・マオ君をゆびさして）は、うまれたばかりでした……。

さて、独立戦争がおわってみると、思いだすのはふるさとです。私のふるさとはジャワの大きな町で、町はずれに大きなやしきがありました。戦争中も、あのやしきはどうなったろうかと思わない日はありませんでした。私はおどる胸をおさえて、ふるさとの町にでかけていったのです。

あんがい、戦争でこわされた家もすくない、この分ならばと喜びながら大通りを足ばやにいそいでいると、ぱったり昔知っていた男にでくわしました。名まえはAとしておきましょう。

Aの話によると、けしからんことに、私のやしきはオ

ランダ軍にとりあげられ、いまは中国人がゆずりうけてすんでいるとのことです。

　さいわい私はそうとうの大金を、戦争中家族のものにかくしておかせましたので、すぐこの金でやしきを買いもどす決心をしました。先祖代々のたましいのこもったやしきですもの。そうとうな大金でしたが、私はおしいとは思いませんでした。

　おまけに、Aの話によると、独立戦争はわれわれインドネシア人の勝利におわったので、その中国人はこわがって一歩も外出せず、町の人もほとんど顔をみたことがないそうです。この分ならば、やしきをとりもどすのはむずかしくないでしょう。

　私は、Aとそうだんしたうえ、その中国人の下男が町に買物にきたのをよびとめ、やしきをゆずってもらいたいと手紙をもたせてやりました。目つきのするどい男でしたが、まさかあとで、あんなことがおこるとは……。

＊　＊　＊

　そのばんは、すすめられるままにAのうちにやっかいになることにきめたのですが、さて旅のしたくをといてみると、気がおちつきません。

　なくなった父や母の思い出のこもる、なつかしいふるさとのわが家を、いっぺんながめてみたくなったのです。私は足ばやに町を出ると、こんもりとしげった森かげのわが家にいそぎました。あちこち、あらしでたおされた木がへいの頂をくずしていますがあのおそろしい戦争の被害は、どこにもうけていないようです。

　私は苦もなく、くずれたへいをのりこえ、のびほうだいにのびたいばらのくさむらをくぐりぬけると、夕やけ雲をうつした、しずかな池の水面が目のまえにひらけました。

　私は、なんともいえない気持ちでした。くるしかったここ数年の年月……。私のやしきは夕やけ空をうしろに、池のむこう岸に黒々とたっています。人がすんでいるしるしに、煙突からは煙がたちのぼり、ひとつふたつ窓からランプの光がもれてきます。

　人声がしました。ああ、ひとりは、きょう手紙をわたした男。あとのふたりは主人夫婦の中国人でしょうか。げんかんを出ると池のむこうをあるいてきます。

私は、そっとたち去ることにしました。

＊　＊　＊

　あくる日、あの下男が返事をもって、Aのうちにやってきました。

「あしたやしきまでおいでくださるよう。」

　私は日が暮れると、もういちどやしきにいってみたくなりました。いきさえしなければ、あんなおそろしいめにもあわずにすんだのですが……。

　地平線のあたりには夕立雲が黒くつみかさなって、雷のゴロゴロなる音がきこえ、ときどき、みじかいいなずまが林のこずえをてらし出しています。しかし、頭の上は、晴れていて、小さな星くずがまたたいている夜でした。

　私はきりかぶにつまずき、枯れ枝をふみしだきながら、池をぐるりとまわってやしきに近づきました。私がそだてられた子どもべやを、ちょっとのぞいてみようと思ったのです。

　そのとき、私は異様な物音を聞きつけました。それは、地平線のあたりでふっている、夕立ちのにぶい音ではありませんでした。

　鐘の音だったのです。やしきの塔につりさげてある、ふるびた鐘のなる音でした。
　それは、臨終をつげる鐘のように、間をおいて、しずかになりわたって、木かげのやみにきえてゆきました。
　どこかに火事でもみつけたのだろうか。いや、それなら、おもいきり鐘をうちならすはずだのに、その鐘の音は、なにかをうったえるように、胸をさすようなさびしさをくらやみにひろげて、きえてゆきました。

そして、ふしぎなことに、目のまえの景色は、なにかが、きゅうに変わってしまったように私には感じられました。いままではなつかしかったやしきの、黒々とした影が、きゅうに不吉な意味をもっているように思われました。もう、だいぶ夜もふけています。私は迷信家なのかもしれませんが、なにか、いうにいえない不安な気持ちで、やしきの窓をのぞきこみました。

窓はしまっていましたが、まだ食事のおわっていないテーブルの上に、ランプの火がまたたいているのが、ガラスごしにながめられました。

しかし、私の視線は、へやの中にいるふたりの奇妙な人たちに、くぎづけにされました。どちらもまだ見たことのない顔ですが、昨夜ちらりと姿をあらわした、中国人の主人夫婦にちがいないと思いました。ふたりともじっと身動きもしない。といって、いねむりをしているようなようすもなく、まるで蠟人形のように見えました。ランプの炎だけがまたたいて、へやの壁にふたりの影をおどらせていました。

私はびっくりして、自分の姿をかくそうという考えもうかびませんでした。

「起きなさい、話をしなさい。これではあまり、おそろしすぎる。」

私は、心の中でさけびました。

ランプのあかりが、中国人のまっさおなひたいをてらしていました。

私はコツコツとガラスをたたきました。ふたりともこっちへ顔をむけるだろう……そしたらなんといいわけをしようか……。

中国人の男の口ひげのあたりを、一ぴきのハエがはいまわっていました。

私は窓をおしあけました。私はへやにはいると一歩進みでて、指先で脈をさぐりました。その手くびの氷のようなつめたさに私はぞっと見ぶるいしました。おもわずあとずさりしたひょうしに、ひじが中国人の女のいすにあたり、女はゆっくりと、よこにたおれました。女の耳かざりがキラリとひかり、手にしたせんすがパタリと床におちました。

かれらは、死のねむりについていたのです。あの鐘の音がなりだすとともに……。

どこかで、戸のきしる音がしました。

私は、ひととびに庭にとびだすと、むがむちゅうでにげだしたのです。もっともっと恐ろしいことが私を待ちかまえているとも知らずに……。

＊　＊　＊

私はくる時に通った道を、まっすぐにつっぱしりました。いつ私は道をそれてしまったのだろうか？　私にはわからない。私はなにかにはげしくぶつかってたおれたことをおぼえています。

私は木の下で気を失っていたのです。気がついてみると、頭はずきずきいたむし、頭に手をやってみると、血と思われるものがべっとりついていました。

なんとか気力をふるいおこして、歩きだそうとすると、奇妙な物音に、また立ちどまってしまいました。

そのなにかのきしるような音は、だんだん近づいてきました。私はさっきたおれていた木の下のくらやみに、また身をかくしました。

馬車です。私のやしきに、むかしからあった、ふるぼけた馬車です。

たしか夕立ちはもうやんでいたように思います。あたりはしずまりかえり、月の光がわき出たもやに、やわらかくひかっていました。馬は月光のなかに、黒々と大きくあらわれてきました。馬の鼻息、草をふみしだくひづめの音、車輪のきしみ。

私は首をのばして、このふしぎな馬車の乗客をみとどけようとしたのです。

私は馬車のなかに、ふたりの人かげがこしをおろしているのをみました。ひとりは中国服の男、ひとりは女です。

車が私のみはっている前をとおりすぎたしゅんかん、女の耳かざりがキラリとひかり、手にもったせんすがゆるやかにうごいているのがみわけられました。さっき、床にパタリとおちるのをみた、あの死人のせんすです。男のくちひげもみえました。男はきせるでタバコをすっていました。そのきせるも、さっき死人がもっていたような気がしました。

私は木に頭をぶっつけたために、気が変になってい

たのでしょうか。月光の魔法のせいでしょうか？　それにしても、私はあのとき、草が車輪の下にねるのをみましたし、第一、タバコのにおいが風にあおられて、私の鼻までただよってきたのを、はっきりとおぼえています。

　馬車は、月光ともやにおぼろにかすんで、木の葉の中にきえてゆきました。

　私は、おそろしいうたがいにそのかされて、コウモリの黒いつばさにひたいをなでられながら、道のまん中にたちつくしていました。恐怖はいくらかきえて、もう青い夜の妖術も私の神経をたぶらかすことはできなくなっていました。私は、この不吉な問題をとくのにいっしょうけんめいだったのです。彼ら中国人ふたりは死んだのか、生きているのか？　いったい私の目は、いつ私をうらぎったのだろう。私はやしきのへいをのりこえたときから、私はおとぎの国にはいってしまったのだろうか？

私は、なんどかためらったのち、もういちどひきかえしてみる決心をしました。

私は、夜空にくっきりとうかびあがったやしきの黒いかげを、ながいあいだうかがっていました。目標を前にして、私は恐怖にまけてしまうのでしょうか？自分をはげますと、私はいっそくとびにやしきにかけ

こみました。例の窓からは、あいかわらずランプの光がもれています。

　私は思いきってへやにふみこみました。とたんに水のような冷たさが、私の背すじをはしりました。彼らはふたりともそこにすわっているではありませんか。しかもふたりの場所がちがっている。そうだ、さっき私がみたように、ふたりは馬車でさんぽにでかけて、いまかえったところだとすれば……。

　――私ですよ。手紙をあげたハリ・マオです。私は声をかけました。私の声は、へやにがんがんとひびき、ランプの火がゆらめきました。男のタバコはもえつきていました。女の耳には耳かざりがひかり、せんすは床にころがっています。よこのテーブルに、さいほう箱がおいてあるのに気がつきました。

　私は、マネキン人形を相手にしゃべっているのだろうか？　ここにいるのは、ときどきうごかすことのできる人形にすぎないのではないか？

　そんな考えが私の頭の中にひらめくと、とたんに、私はさいほう箱の中でひかっている、ハサミをにぎっていました。そして、いきなり男の手につきさしたのです。ハサミの刃は右手の親指にあたって深く切りました。

　どうでしょう。男の傷口からは血のようなものがにじみでて、すぐにかたまりました。私ののどからは、声にならないさけびがほとばしりました。

　空が白むころ、ねしずまった家々のあいだをぬけて、私はAのうちにたどりつき、ベッドにくずおれて、深いねむりに落ちこんだのです。

♣　♣　♣

やくそくのあくる日。

やしきにむかう馬車の中で、私の顔はまっさおだったらしいのです。

　私はすんでのことに、ゆうべのできごとをAにうちあけるところでした。なんとかして、やしきにゆくことをまぬがれたいと思いました。しかし、どう考えても、相手をなっとくさせる説明など

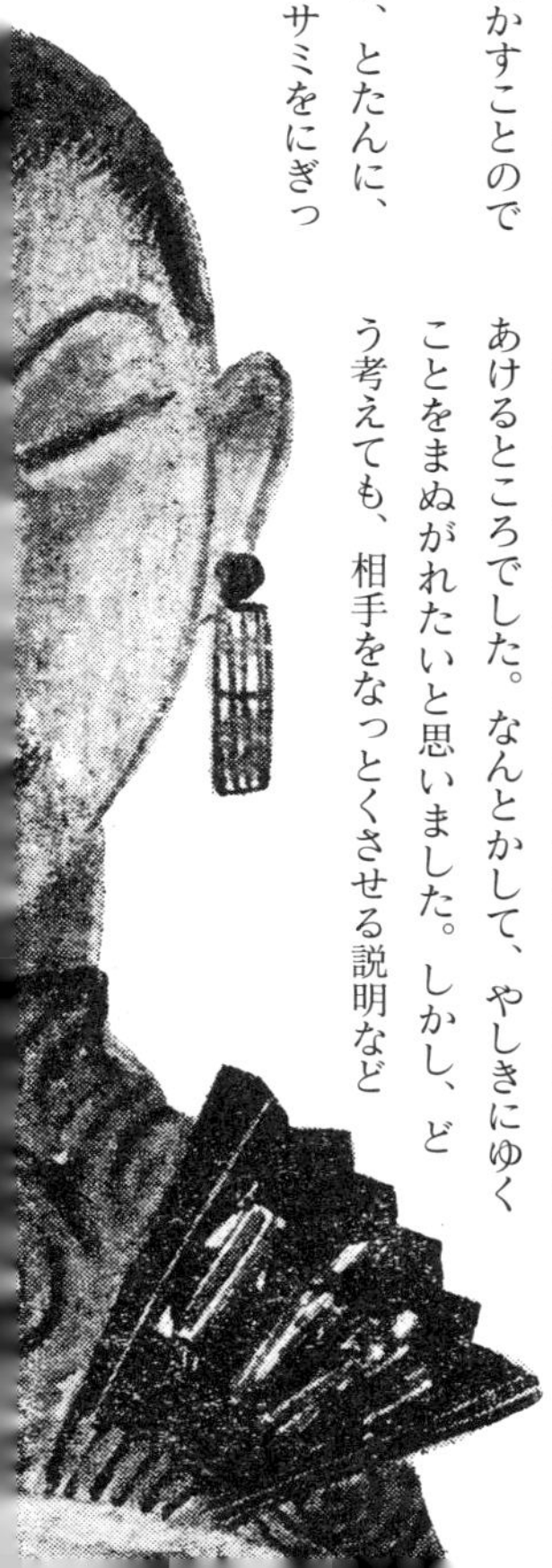

あろうはずがありません。もし私があくまでいいはったら、きちがいだと思われるでしょう。あるいは、私が、ふたりを殺したと思いこむかも知れません。私のやしきをよこどりしたにくい男ですから。私はだまっているよりしかたがありませんでした。

やしきは、陽気な日の光をあびて、きのうとすこしもかわっていませんでした。しかし私はやしきの壁に、きのういじょうの悪魔ののろいを感じたのです。

——ごめんなさい。馬車からおりると、げんかんに立ったAは、そう声をかけました。

——むだだよ。ここの人たちには、もう私たちの声は聞こえないのだ。ここは死人の家だよ。のどまででかかったことばを、私はあわてておさえました。ドアがあいたからです。

下男があらわれて、うやうやしくおじぎをしました。

——どうぞこちらへ。主人がおあいいたします。

——そうねがいたいね。とAはいばって答えました。私は、まるで熱にうかされたような気持ちで、むかし私のものだったやしきを、Aのあとについてゆくのでした。下男は私をからかっているのだろうか？

——こわがることはないよ、きみ、なにも知らないAは、私をはげましました。

下男が客間のドアをノックしました。一秒後には、またあのおそろしい光景があらわれる……。

——おはいり！　という声がしました。私は、二、三歩おもわず進みでました。

見ると、彼らふたりはちゃんといすにすわっている！　女は私の目の前でせんすをとじました。男が私に右手をさしだしました。

その手！　親指にはほうたいがしてあったのです。

✽　✽　✽

——なんだかあのやしきには、みょうな空気があるね。かえりの馬車の中でAが私にささやきます。

たしかに、あの中国人の一家に、なにかののろいがおおいかぶさっていることはほんとうでした。やしきはすぐあけわたす。かれらは今夜のうちに出発するということで、私ののぞみはかなえられたのですが、この話をしているときにも、なにか彼らの心の中に、氷よりつめたいものがしのびこんでいるのが感じられたのです。

それに、あの指！

◆　◆　◆

月は銀色の光を屋根にそそぎ、そして、だんだん人気のないやしきの庭をてらしはじめました。その夜、またしても、私はあの木かげにたたずんだのです。アラーの神よ。私の狂気をたすけたまえ。

おお、また馬車の音が！　私は勇気をふりしぼって、馬車にはしりより、とびらをひらきました。ふたりともかたくなって、そこにいました。

――どうか失礼をゆるしてください。

しかし、私にはわかっていたのです。だれも私の声にこたえないことが。

ぎょ者台から下男の声がしました。

――はやくお乗りなさい。なにもおっしゃらないで。

そして、私は馬車の中にひきずりあげられたのです。ガクンとゆれて馬車がはしりだしました。私はどさりと座席にたおれこみました。男のからだがぐらりと私の肩にのしかかってきました。むっと鼻をつく死人のへやと通夜のにおい。ドアにはかぎがおりていて、もうあきません。月の光がかわるがわるかすめて、かれらの口をてらすと、歯がひかって見えました。私はきちがいのようなさけびをあげると、こぶしをかためて、ガラス戸をやぶり、車輪を宙にうかせて走っている死人の馬車からのがれだしたのです。

✤　✤　✤

気がついたときは、私はベッドにねかせられて、Aが心配そうにのぞきこんでいました。かれが私の身をきづかって、私のあとをつけてきてくれなかったら、いまごろはあのふしぎな死人たちのなかまいりをしていたことでしょう。かけよってくるAの手のピストルが、月光にぴかりとひかるのを見ると、馬車はいずこともなく、月光のなかをはしり去ったということです。あの下男は地の底にあるという、死人の世界からの使者だったのでしょうか。

私は、その後、もうあのやしきに住もうとは思いませんでした。私は迷信のとりこになったのでしょうか？　いや、たしかにみたのです。あの死人が生きかえって、ものをいうのを。そして、また蠟人形のようにこおりついて、馬車にゆられてゆくのを。

＊　＊　＊

ハリ・マオ君のおとうさんは、ここでことばをきり、ほっとためいきをつきました。

　これも南方の国々の魔法のひとつなのでしょうか？　しかし、ハリ・マオ君のおとうさんはりっぱな紳士で、夢のような話をする人ではありません。

「私にかけられたのろいは、この日本のヨコハマにきて、ある男の顔をみかけたとたんに、はらりと落ちたのです。」ハリ・マオ君のおとうさんは、「私はなんという道化者だったのでしょう。」そういってはじめて笑い声をたてました。ある男！　ぼくの頭にもピンとくるものがありました。

「おじさん。それは、あの目つきのするどい下男じゃなかったのですか？」

「そうです。みんなあいつの悪だくみだったのですよ。私はあいつのうわさをヨコハマの中国人から聞きました。たいへんな悪人らしい。」

「死んだ人がものをいうはずがない。おとうさんのみた死人と、おとうさんがあってはなしをした中国人は、べつの人だったんでしょう。」ハリ・マオ君がさけびました。

「しょうこがないから、たしかめるわけにはゆかぬ

が……。しかし、そう考えると、そのなぞはらくにとける。あの男は、私がやしきをとりもどすのに、大金をはらうつもりでいるのを知ると、主人夫婦を毒殺して、金を横どりしたのだよ。夕食に毒をまぜてね……。」「ああ、それが、おじさんがさいしょに見た死人なんですね。」

「鐘の音は、おそらくなかまの悪人をよぶあいずだったのです。かえ玉の男と女が馬車にのってやってくる。せんすや耳かざりは、にたものを用意したのでしょう。それが、私がであったあの幻の馬車です。」

「おじさんがひきかえしたとき、死人の場所がかわっていたのは?」

「死体をひとまず、どこかにかくしておこうとしたのではないでしょうか。そこへ、私がとびこんだ。あわてて下男とかえ玉ふたりが、つぎのへやにかくれる。ハサミのきずに血がにじんだのもふしぎではないのですよ。」

「三日めの昼間あったのは、かえ玉だったんですね。」

ハリ・マオ君がいいました。

「そうだよ。彼らは私が死人を見たのを知っている。だから死人とおなじ指にほうたいをまいたりして、私をごまかそうとしたのだ。」

「おじさん。だからやつらは、おどおどしていたんですね。あっ! そうだ。三日めのばん、おじさんが馬車にひきずりこまれたのは……。」

「そうですよ。正男くん。下男はやしきをたちのくふりをして、死体をはこびだしていた。それを私にみつけられた。悪事がばれる! とやつが考えたのもあたりまえでしょう。あいつは私を殺そうとしたのです。」

ハリ・マオ君とぼくは、おもわず顔をみあわせました。

ハリ・マオ君のおとうさんの話はこれでおわる。では、ぼくにたのみとは?

横浜で貿易商をしている、ぼくの父の店に、あの悪人があらわれるというのだ!

「こんな事件では、お国の警察にもたのめません。ひとつ悪人のすみかをつきとめてくれませんか。あとは、私がこらしめてやります。」これがハリ・マオ君のおとうさんのたのみだった。ぼくは夏休みを返上して、ハリ・マオ君とふたりで毎日店のお客さんを監視した。ハリ・マオ君のおとうさんがいてくれればいちばんいいのだが、そんなことをしたら、いっぺんで相手にみやぶられてしまう。横浜だってインドネシア人というのはめずらしいんだから。

あれは、もう夏休みも二、三日でおわるという暑い日の夕方だった。もう、ぼくたちは半分あきらめていた。そこにあの事件がおこったのだ！

ぼくらは、ハリ・マオ君のおとうさんからわたされた、人相書とぴったりの男をみつけ、あとをつけた。伊勢佐木町めぬき通りの人ごみの中を、見うしなわぬよう一心に尾行した。そこまではよかったのだが……

一時間後、ぼくらはがんじがらめにしばりあげられて本牧とおぼしきあばらやのほこりだらけの一室にほうりこまれていた。

いきなりぼくらをかこんでしばりあげた五、六人の中国人は、どやどやとでかけていった。「スーラ。」「スーラ。」そんな声がした。スーラとは中国語で殺すということだ。

やっとおきあがって、かぎ穴からのぞくと、マドロス・パイプをくわえた男がひとりみはりにのこっている。シクシクというハリ・マオ君のすすりあげる声。へやはがんじょうにできていて、窓ひとつない。壁のさしこみからコードが長くのびて、テーブルの上のスタンドが床の上にちらばった紙くずににぶい光をなげているだけ。

ハリ・マオ君がごろりとねがえりをうったとき、かたりと音がして、ライターがポケットからころがりでた。そのライターを見たとき、ぼくの決心はきまった。

【ぼくの脱出計画】

①ライターでなわをやききる。
②スタンドのコードをひきちぎって（あとはひみつ）
③紙くずをあつめて火をつけ、火事だ！　とさわぐ。
そして……。

品　品　品

脱出計画はうまくいった。ライターでなわをやききったときのあつかったこと。

煙だらけのへやの中で、ぼくたちが苦しそうにさけぶと、あわてたような男の足音がドアのむこうに近づき、かちゃりとかぎのあく音がして、ドアのしんちゅうの取手がグルリとまわりかけた。いまだ！　ぼくはコードを……（あとはひみつだ）

ギャーッという男の声。ぼくらはいっさんにへやをとびだした。

悪人たちは警察につかまった。

ハリ・マオ君のおとうさんは喜んで、ぼくをインドネシア旅行につれていってくれるといっている。ボルネオやスマトラにはトラやヒョウやゾウや、ゴリラなど猛獣がいっぱいいるそうだ。

♣　♣　♣

さて、ぼくたちは、どうやって、ふたりかかっても、かないそうにもない、みはりの悪人をやっつけたのでしょうか？（よく、さし絵を見てください。）

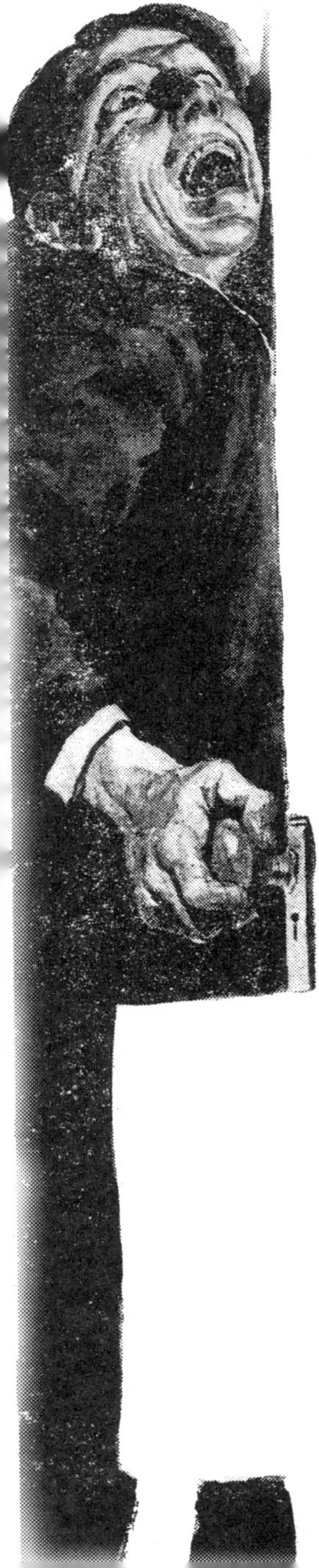

［答え］スタンドのコードをひきちぎって、ドアの取手につなぎ、悪人が取手をまわしたとき、コードをコンセントにさしこみ、悪人が、感電したすきににげたのです。

生きていた幽霊

挿絵　高荷義之

『少年』1958（昭和33）年夏休み大増刊　出題編掲載
『少年』1958（昭和33）年11月号　解答掲載

日本海側の港町にやってきた小林少年は、そこで親しくなった園田少年から妙な話を聞かされる。自分の父親の心が悪魔に占領され、別人のように変わってしまったというのだ。調査を開始した小林少年は重要な手がかりをつかみ、明智小五郎に連絡をとるが、翌日、園田少年は乗っていたボートを転覆させられ、海の藻屑と消えてしまう。

子どもからすれば、親が別人のように変貌するのは大きな恐怖だろうが、本作で読みどころになっているのは、そのあとの部分。幽霊になって出没する園田少年によって、大人のほうが恐怖に翻弄されることになってしまうのだ。（野村）

江戸川《えどがわ》乱歩《らんぽ》（出題《しゅつだい》）
高荷《たかに》義之《よしゆき》（絵《え》）

悪魔《あくま》の心《こころ》

園田くんと小林くんは、もう一時間も松林のかげで話をしていました。なにか、おもしろい話でもあるのでしょうか? 目のまえには砂の丘が、まるで映画に出てくるサハラ砂漠のようにひろがって、そのさきには、フカでもいそうな、まっさおな日本海が見えます。

小林くんは、ことしの夏休みは、東京からまる一日も汽車にのって、さびしいこの日本海岸の港町にやってきました。この町には、おばさんがすんでいて、「ぜひ、いちどあそびにきなさい。」といって、すすめられたからです。

その港町で、まっさきになかよしになったのが園田くん。おばさんのうちのとなりの別荘

に、おとうさんとふたりで海水浴にきている、とても元気な小学六年生です。

　松林には、海から吹いてくるすずしい風があたって、木かげの小林くんと園田くんの姿は、遠くから見ると、とてもたのしそうです。しかし、近くによってごらんなさい。オヤオヤふたりとも、とても心配そうな顔をしていますね。そうなんです。ふたりには心配ごとがあるのです。それも、なんともいえない、きみの悪い心配ごとが……。

❤　❤　❤

　いったい、世のなかにこんなふしぎなことがあるものでしょうか？　園田くんの話では、園田くんのおとうさんは、おとうさんでなくなったというのです。それも、二、三日まえからだそうです。それまでは、園田くんといっしょに泳ぎにいったり、すもうをとったり、あそび友だちになってくれる、とてもよいおとうさんでした。小林くんも、ふたりが浜で、砂あそびをしているのをみかけたことがあります。鼻の下にりっぱなひげをはやした紳士でした。

　それが、二、三日まえから、バッタリあそんでくれなくなったというのです。

　いや、そればかりではありません。うちの中でも、ほとんどへやにとじこもったきりで十年もいっしょに住んでいるばあやにも、ほとんど口をきかなくなったと

いうのです。

「しかし、園田くん。おとうさんには、なにか心配ごとがあるんじゃない？　明智先生だって、探偵の考えごとにむちゅうになると、ぼくらには、ろくに口も聞いてくださらないよ。」そういって、小林くんがなぐさめると、園田くんは首をよこにふって、

「いや、ぼくのいっているのは、そんなことじゃないんだ。そりゃ、おとうさん、さっきもぼくが、『海水浴にいってきます。』っていったら、『気をつけるんだよ。』って、頭をなでてくれたんだよ。ところが、その頭のなでかたが、いままでのおとうさんとなんだかちがうんだ。それで、ぼくがヒョイとおとうさんの顔を見ると、その目つきのすごいこと。ジーッとぼくをにらんでいるんだ。やさしいのは口だけだったんだよ。ぼくは、思わずゾッとして、『いってきまあす。』って、とびだしちゃった。そして、すぐきみのところへ相談にきたんだよ。」

「フーン。」小林くんも、首をかしげて考えこみました。「そりゃ、すこしおかしいね。」

「ぼく、こう思うんだ。おとうさんの心を、悪魔かなにかが占領しちゃったんだ。だから、みかけはおとうさんなんだけれど、心はちがうんだよ。」園田くんはそういって、涙をボロボロおとしました。

そうでしょうか？　もし、ほんとにそうだとすると、世のなかはたいへんなことになります。きのうまでは、やさしいおとうさんだったり、おかあさんだったりした人が、一ばんのうちにおそろしい悪魔にかわってしまうなんて……しかも、みたところは、いままでとちっともかわっていない。こんなおそろしいことがあるでしょうか？

小林《こばやし》くんの発見《はっけん》

「園田くん。いま、おとうさん、うちにいる？」なにやら考えこんでいた小林くんがたずねます。「いや、きょうは夕方まで知りあいのおじさんの所へいって、かえらないんだって。」と園田くん。

「それは、つごうがいい。」小林くんはわらって、「園田くん。ぼくにおとうさんのへやを見せてくれない？　おとうさんの心が悪魔に占領されたか、どうか、わか

ると思うんだけれど……。」

「いいとも。ぜひ、おねがいするよ。ぼくは、きみのそのことばを待っていたんだ。」園田くんは、やっとうれしそうな顔になって、砂をはらって立ちあがりました。

◆
◆
◆

それから、園田くんの別荘で、なにか大発見があったのでしょうか? 園田くんのおとうさんのへやは、いつもと、ちっともかわりがないように思われましたが……。

虫めがねを片手に、床の上をはいまわっていた小林くんは、なにか小さなものをつまみあげると、ジーッと見ていましたが、だいじそうに、紙につつんでポケットに入れ、園田くんにこういいました。

「園田くん。おとうさんの心は、ほんとに悪魔に占領されているかも知れないね。ぼく、これから、東京の明智先生の所に、長距離電話をかけてくる。先生は、きっときみをたすけてくださるよ。」

園田くんは、コックリうなずきました。

「アッ、そうだ。」いそぎ足で、別荘の門を出ようとした小林くんは、ふりかえって、「園田くん。これは、ぜひおぼえていてね。ちょっと、へんなことなんだけれど……。」

「……。」園田くんは、いったい、小林くんがなにをいいだすのか、といった顔をしています。

「きみ、この二、三日中に、あぶないめにあうかも知れない。よく気をつけてね。なるべく、ばあやとふたり、いっしょにいるように……。ひとりきりになっちゃだめだよ。それでも、あぶないめにあったら、死んだふりをしてそっと、ぼくのところにくるんだよ。わすれちゃ、いけないよ。」そういって、小林くんは、もう、くれかかった港町を、スタスタといそいでゆきました。

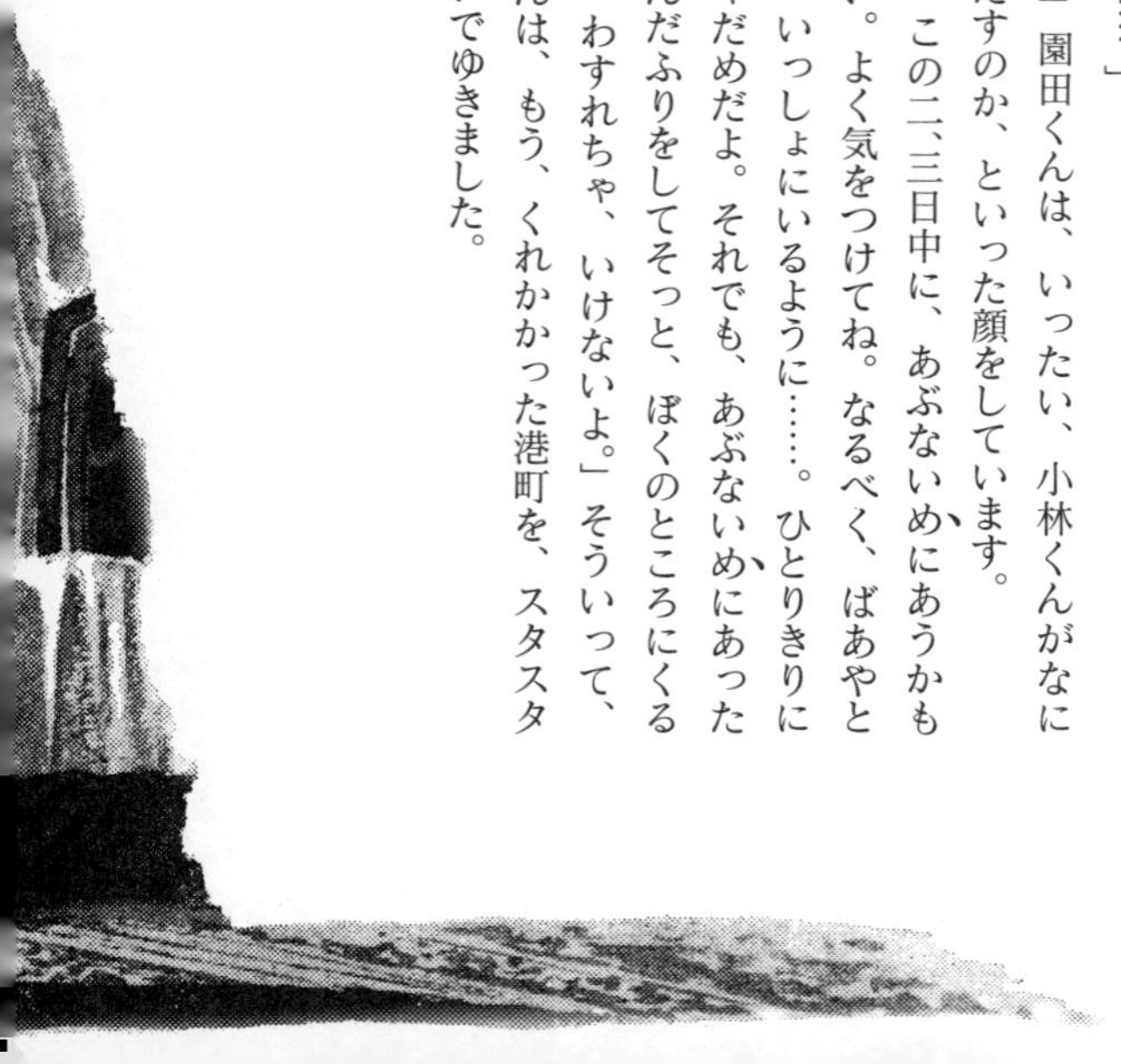

口《くち》ひげのなぞ

小林くんから、東京の明智探偵へかけた長距離電話……。

「そういうわけで先生、ぼくもさいしょは、園田くんのノイローゼじゃないかと思ったんですが、ちょっとへんなところがあるので、園田くんのうちをしらべさせてもらったのです。ところがどうでしょう。園田くんのおとうさんの寝台の敷布についていた毛は、つけひげでした。」

小林くんは、明智探偵におそわった初等探偵学をよくおぼえていました。だいじなところはメモにして、いつも胸のポケットにはいっています。小林くんの探偵手帳といったら、少年探偵団員なら、だれでも知っています。

その手帳には、こう書いてあるのです。（人間の自然の毛は、右の図のように毛根があり、毛のさきは細くなっているが、左の図のように、つけひげには毛根がなく、先はプツンと切れ、ちょうど、一本の糸のように見える。）長距離電話のつづき……。

「園田くんのおとうさんは、とてもりっぱな口ひげの持ち主でした。ちかごろ、ひげをはやしている人はめずらしいでしょう。それで、ぼくもいちど見たきりなんですが、よくおぼえているのです。ぜったい、つけひげじゃありませんでし

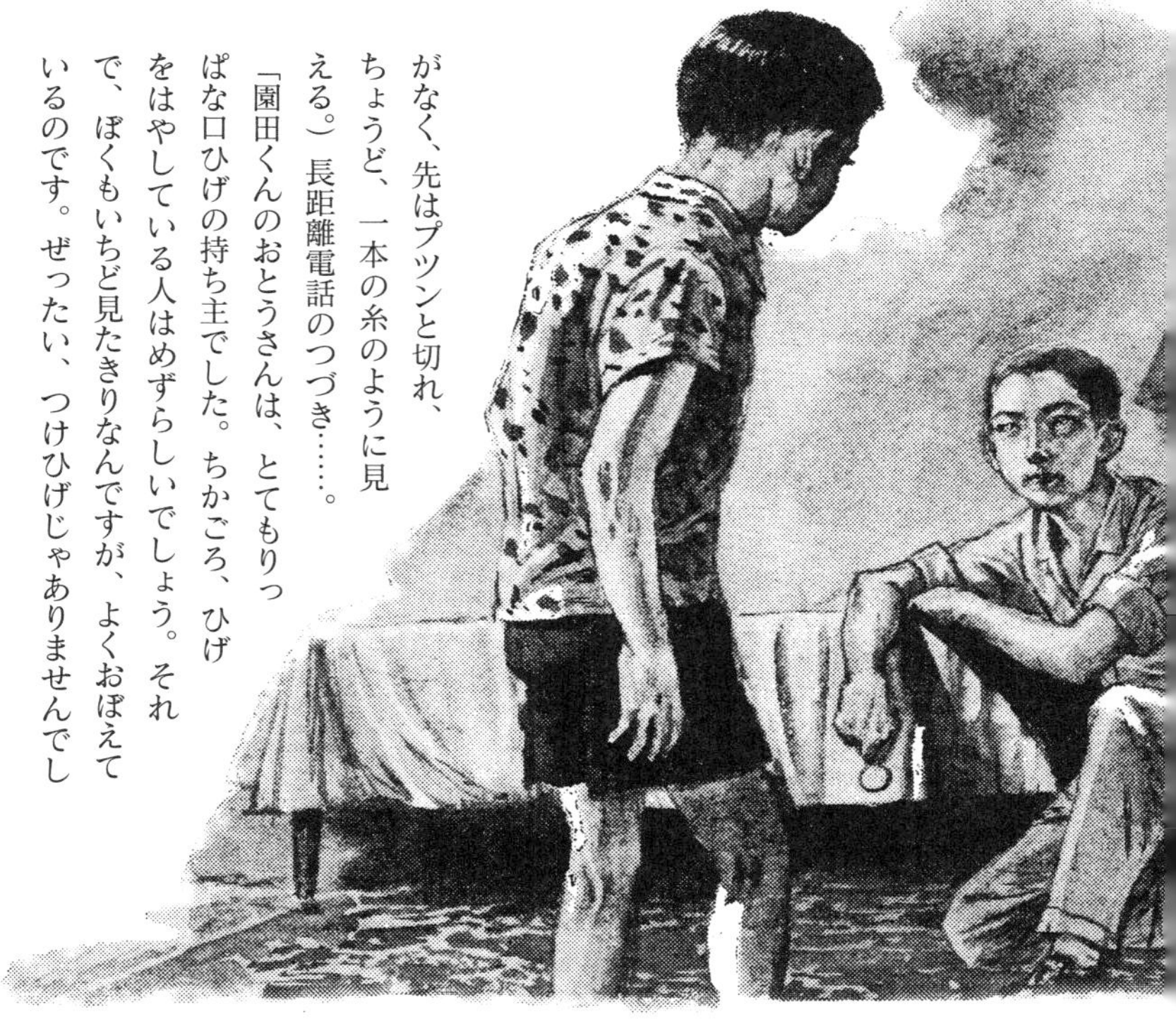

た。それが、二、三日のうちに、どうしてつけひげなんかしなくてはならなくなったのでしょうか？　ぼくには、どうも園田くんのいうことが、ほんとうのように思われるのです。園田くんのおとうさんは、おとうさんではなく、ほかの人がいれかわったのです。先生、飛行機でとんできてください。園田くんには、危険がせまっているかも知れません。園田くんのうちは大金持ちです。だれか悪人が、園田家の財産をねらっているのかも知れません。」

東京の明智探偵は、なんと答えたのでしょうか？

あくる日は、きのうとはうってかわって、ものすごくあつい日でした。雲ひとつない、まひるの空には、太陽がギラギラとかがやき、青い海だけが、「ここはすずしいよ。」と、おいでおいでをしていました。

きのうはしょげていた園田くんも、きょうははりきって、ボートあそびにでかけました。ひとりきりになってはいけないと、小林くんのいったことばをわすれたのでしょうか？　いや、園田くんは、園田くんなりに考えたのです。

（きょうもおとうさんはおでかけだ。いやおとうさんみたいな顔をした、悪魔はいなくなった。悪魔がいなければ危険もないわけだ……。）と。

町の小さなデパートによって、ちかごろはやりの、本式の水中めがねと、すてきな水中銃も買いこみました。どうやら、魚とりもするつもりらしいですね。小林くんのいいつけにそむいて、おそろしいことがおこらなければいいが……。いいえ、おそろしいことは、ほんとうに

おこったのです。

もう、ずいぶん沖のほうに、ボートは出ていました。東京や大阪あたりの海水浴場とはちがいますから、このへんまで出ると、あたりには、ほかのボートは一せきも見えません。園田くんはオールをこぐ手をやめて、ゴロリとねころがりました。空には入道雲がムクムクとわきあがって、夕立がありそうです。ボートは波のうねりにのって、あがったりさがったり。園田くんは、ねむたくなりました。

そのときです。おそろしいことがおこったのは……。港をグッと左右からだきかかえているみさき そのみさきのかげあたりから、タタタタタ……とエンジンの音がきこえだしたかと思ったら、その音はたちまち大きくなり、園田くんが、目をこすりこすりおきあがったときには、大きなモーター・ボートのするどい鋼鉄のへさきが、園田くんのボートの上におおいかぶさってきたのです。

ガツン、バリバリバリ……。

アッというまのできごとでした。園田くんは、からだを水の中になげだされ、ガブガブ、からい海水をのんだことまではおぼえていますが、あとは、目のまえがまっくらになってしまったようです……。

悪《あく》魔《ま》の笑《わら》い

「フフフ……これで園田家の財産は、みんなおれのものだわい。あのじゃまっけな小ぞうも、かたづけてしまったしな。」

ここは園田家の別荘の中。園田くんのおとうさんのへやで、おとうさんがしゃべっているのです。いやいや、おとうさんが、こんな口をきくはずはありません。かわいいこどものボートが、こなごなになって、こどものからだは、海の底ふかくしずんでしまったというのに……。

しかし、これはいったいどういうことでしょう。どう見ても、園田くんのおとうさんそっくりなのです。

「しかし、さっき、むすこが海に出てゆくえ不明になったと、警察にとどけにいったときあった、小林とかいう小ぞう、たしか、あのゆうめいな探偵の明智小五郎の助手だったな。こいつは用心して、すこしはかなしそうな顔をしなくっちゃ……。フフフ、しかし、おれの秘密は、ちょっとやそっとじゃ、ばれないぞ。」園田くんのおとうさんそっくりの悪魔は、そういって、ニヤリと笑いました。もう、日はとっぷりとくれて、さきほどまでふっていた夕立のしずくが、庭の木の葉から、ポタポタとおちる音がきこえるくらい、あたりはしずまりかえっています。

コトコト、ガラス戸を指さきでたたく音、悪魔はハッと立ちあがりました。

ガラリとガラス戸をあける。だれもいません。

「おかしいな。」つぶやいて、園田くんのおとうさんそっくりの悪魔は、たいして気にもしないようすで、寝床にはいりました。

♣　♣　♣

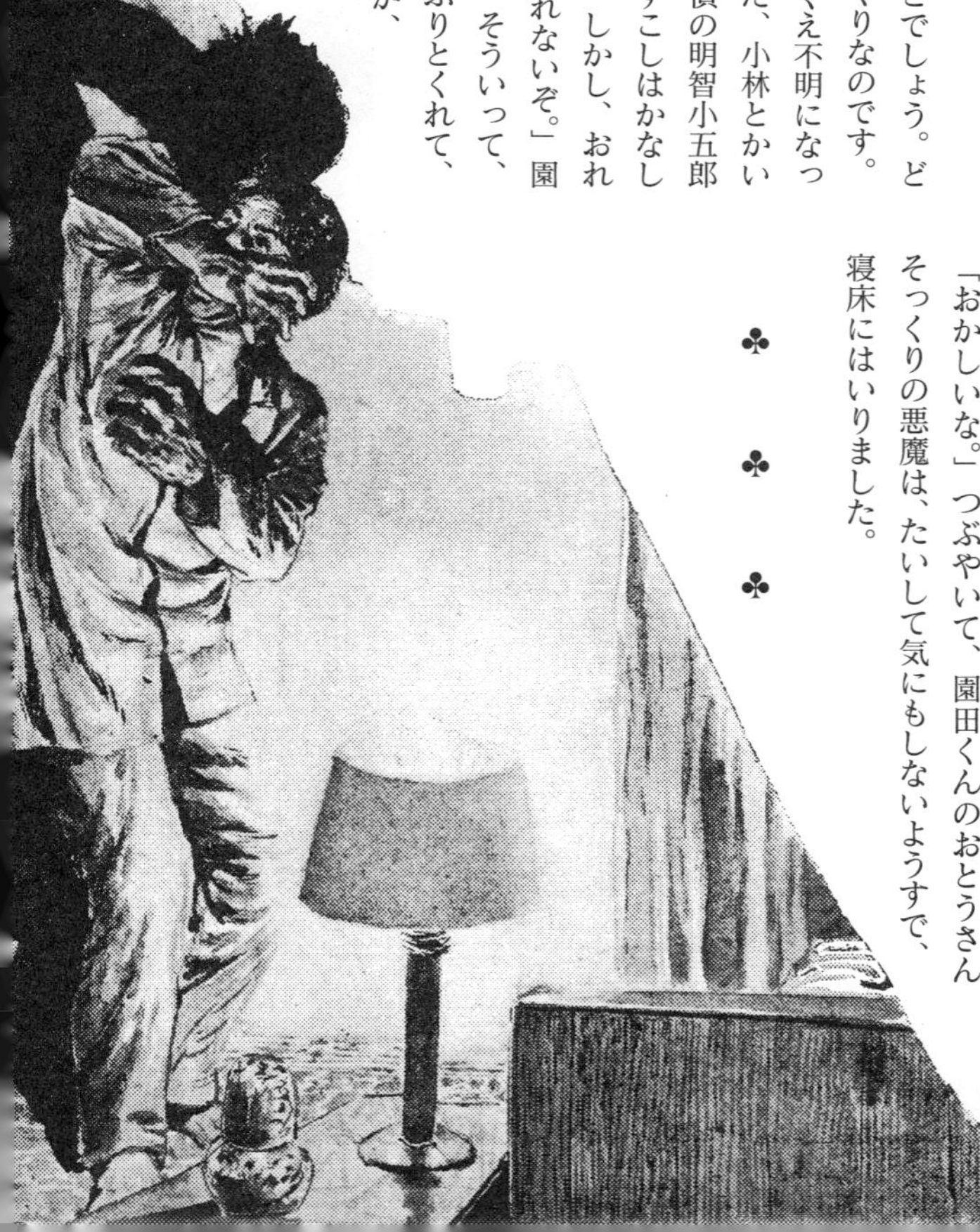

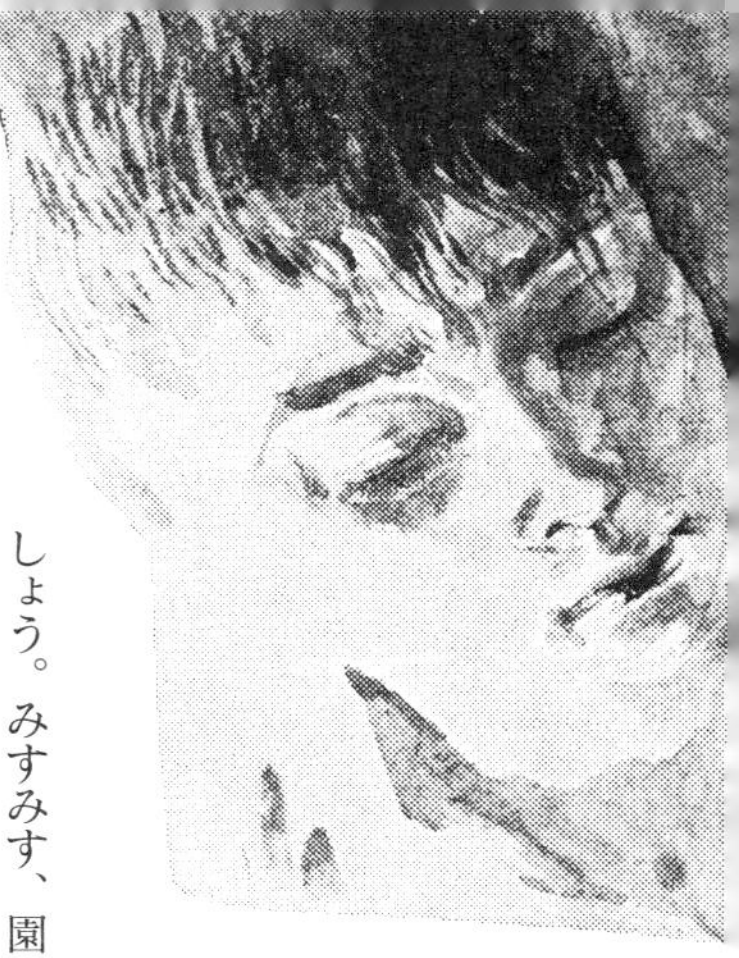

それから一週間たちましたが、いったい、小林くんは、なにをしているのでしょう。みすみす、園田くんを、見ごろしにしてしまったではありませんか。また、明智探偵は、もう飛行機でとんできてもいいころなのですが……。

ふしぎな足音《あしおと》

園田家では、ふしぎなことがおこっていました。まい夜中になると、だれかが、ガラス戸をコツコツとたたくのです。戸をあけて見ると、だれもいない。それで、また寝床によこになって、ウトウトとすると、ピシャピシャと小さな足音が、うちのまわりをウロウロしているようすです。なんだかくつの中に水がはいっているような、へんな足音です。

また、ある朝、机の上を見た悪魔はアッと大声をあげました。机の上にいつもおいてあるメモに、字が書いてあるのです。

「モーター・ボートにのっていたのは、おとうさんですね。」

みだれた字をたどっていくと、こうよめました。メモの紙は、水にぐっしょりぬれて、海のにおいがしました。

西洋の怪談に、「船幽霊」というのがあります。水死人の幽霊が、ふなべりの丸窓から、夜中になると、船室にはいりこんでくる。どんなに丸窓を、ボルトでかたくしめておいても、あけてはいってくる。そして、その船室にねていた人は、気がくるって、じぶんも海の中にとびこんで死んでしまう。ほかの人は、幽霊をみたわけではないので、「あの人は、ただ気がへんに

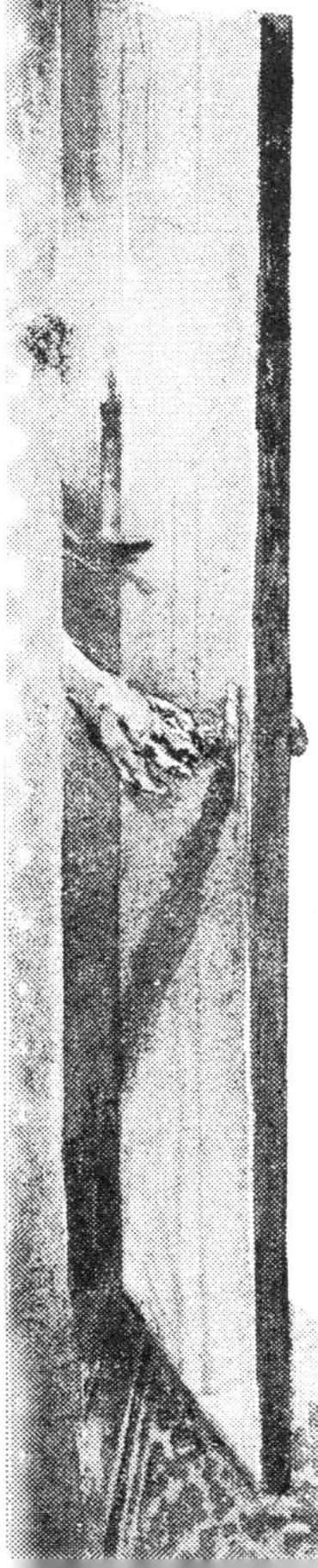

なっただけだ。」と思おうとするが、その船室をしらべてみると、窓のところから寝床まで、床には海の底にはえている海草がぐっしょりぬれて、ちょうど、水死人のかみの毛のように、へばりついているというのです。

まるで、この怪談のように、園田くんの幽霊が、海の底からおきあがり、ここまでばけて出てきたのでしょうか？　そして、園田くんのボートをこなごなにうちくだいた、あのモーター・ボートを運転していたのは、園田くんのおとうさん（悪魔）なのでしょうか？

なんだかそういえば、園田くんのおとうさんそっくりのこの男は、ひどく元気がないようです。目ばかりが落ちつきなく、キョロキョロひかっています。

「だんなさま、どうなされました。」だしぬけに、ばあやに声をかけられて、とびあがったくらいですから……。

♠　♠　♠

そうして、また二、三日たったま夜中、この男を、きちがいのように泣きわめかせるようなことがおこりました。

朝からふっていた雨は、夜になると風も出て、まるで台風を思わせるようなすさまじさ。横なぐりに、この高台に立っている園田家の別荘にふきつけます。

ザザン、ザザザザ、ビューン。

ばたばたと戸がはためき、電燈も二、三回またたいて、パッときえてしまいました。

「ちぇっ、停電か。しかたがない。今夜は早くねるとしよう……。」この男は、ちかごろ、夜ねるのを、ひどくこわがるようになっていたのです。

ガチャガチャと。窓という窓、戸という戸には、かぎをかけて、安心したのか、くらやみの中に、いびきがきこえだしました。あらしは、ますます、ひどくなるようです。ゴーッと海が鳴っています。

ボーンと時計が一時を打ったとき、どこかへやの中から、声がきこえだしました。

「海の底……さむいよ……さびしいよ……。」声は、かなしそうにふるえながら、あらしの音をぬって、いつまでも、ながながとつづきます。

男は、ガバととびおきたようす。

「ウーン……こわい……つめたい……たすけて……フカがきた……藻がゆれてるよ……。」

ガタガタ、ガラガラ、男はきちがいのようにおしいれをあけ、戸だなをかきまわしているようす。だれもかくれてはいません。

「キャーッ……おとうさんが、ぼくをころすよ……たすけて……。」声は、きゅうに高くなりました。

ろうかをパタリ、パタリ、足音が近づいてきます。なんだか、足をひきずるようにして、ひどくゆっくりした足音です。

足音は、ドアのまえでパタリととまると、ドアの取手がグルリとまわって、ドアがゆっくりとひらきはじめました。

さっきから目をひからせ、口をポカンとあけ、寝台のすみで、こわさにふるえていた男の口から、「ウワーッ。」という悲鳴がとびだしました。ほんとに、海の水をしたたらせて、園田くんの幽霊が、「うらめしや。」と、やってきたのでしょうか？

ドアのかげから、ろうそくの光が、ぼんやりとさし、ばあやの声がいいました。

「だんなさま、この物音はなんでございますか？」

❤　❤　❤

あくる日はあらしもだいぶおさまって、ときどき雨がバラつくていどです。夜があけ、町役場の時計が昼を告げ、やがて夕ぐれとなりました。

きのうのあらしのせいで、大きなうねりがのこる、黒々とした海の上を、ときどき雨が白いしぶきをあげてとおりすぎます。

十日まえ、園田くんがおぼれて死んだあたりに、こぎよせる一そうのボートがあります。おや、小林くんがのっています。おまけに、あの園田くんのおとうさんとなのる男ものっているではありませんか。いったいどうしたのでしょう？　顔色はまっさおです。

「おじさん、このあたりでしょうね？　園田くんのボートの破片がうかんでいたのは……。」

男はギクリとして、

「ええ、そうだと思います。思えばかわいそうなことをしました。朝でかけるときは、水中めがねをもって、よろこび勇んでいきましたが……。」

「えっ、水中めがね？」と小林くん。

「ええ、水中銃ももっていったようでした……。」男が答えます。

小林くんは、しばらく、ジッと男の顔をながめていましたが、

「おじさん、ではこのへんに、花たばをなげこみましょうか。おじさんのうちに、ゆうべのような、へんなことがおこったというのも、園田くんのたましいが、さびしがっているからですよ。」と、みょうなことをいいだします。

ハハア、わかりました、小林くんは、こんなことをいって、この園田くんのおとうさんと名のる男を、夕ぐれの海につれだしたかったのでしょう。なにか計略

があるらしいですね。もう、海面はうすぐらくなりはじめました。

「さあ、おじさん。花たばをなげこんでください。」

男は、小林くんから、花たばをうけとり、ふなばたから、ひょいと下の海面をながめると、「キャッ。」とさけんで、しりもちをつきました。

「いた。いた……たたた、幽霊がいた……。」

◆◆◆

小林くんもおどろいて、海の中をすかしてみましたが、

「おじさん、しっかりしてください。なにもいやしませんよ。」

わらって、男をだきおこそうとしましたが、とたんに、船がグラリとゆれて、ふなばたに、海草のへばりついた手がニューッ……。

血にまみれ、青黒くふくれあがった園田くんの顔が、ふなばたから、中をのぞきこみました。

「ギャーッ。」

男は人間とも思えぬような、すさまじい悲鳴をあげて、

「わ、わ、わるかった。おまえをころしたのはわるかった。こ、こ、これ、このとおりあやまる。おまえのおとうさんを殺したのも、わるかった……たすけてくれ。ウ、ウ、ウーム。」

幽霊がふなばたをのりこえて、船の中にはいあがってきそうになったので、両手をあわせておがんでいた、この悪人は、きぜつをしてしまいました。

しょうこ

「あいつは、自分の顔や姿が、大金持ちの園田くんのおとうさんと、そっくりなことを知った。それでおとうさんをみさきへさそいだして、がけからつきおとし、じぶんが園田くんのおとうさんになりすまそうとした。ところが、園田くんに、正体をあばかれそうになったので、モーター・ボートをぶっつけたわけだよ。」悪人を警察につきだしてから、園田家の夕食の

ひととき、明智探偵が口をひらきます。

「ほんとに、あのときはあぶなかった。小林くんが、物見やぐらから、望遠鏡で見ていてくれなかったら、ほんとに海の底で、幽霊になっていました。」と園田くん。

「ぼく、あわてて、モーター・ボートをぶっとばしたんだよ。そしたら、園田くんが死んだふりをして、ボートのかけらにつかまっていてくれた。それからふたりで、『園田くんは海で死んだことにして、あいつにかたきうちをしてやろう。』って、相談しているところへちょうど明智先生がいらっしゃったのです。」小林くんが答えます。

「あの、あらしのばん、ぼっちゃんの吹きこみになったテープ・レコーダーをきかせたときの、あの男のあわてようったら……。」と、ばあやさん。

「ふなべりから、あいつがのぞいたら、ちょうど園田くんが見えるように、人形をつくらされたのには、へいこうしたよ。」小林くんは頭をかいています。

「しかし、なんといっても、いちばんさいご、海から船にあがってきた、園田くんの幽霊はよかったねえ。」

みんなが声をそろえてわらうと、園田くんは不平そうに、

「ぼくはばけて出たんじゃないよ。ちゃんと生きてるんだもん。」園田くんは、ことばをついで、

「それより、小林くん。あいつ警察で、『そんなことをしたおぼえはない。』ってうそをついたら、どうする。あんまり、はっきりしたしょうこはないんだよ。いいしょうこがないと、ちかごろの裁判は、無罪になるっていうじゃないか？」と心配そうです。

「ハハハハ……。」小林くんはわらって、「だいじょうぶだよ。じつにはっきりしたしょうこがある。あいつが、きょう、船の中で、うっかり口をすべらしたんだよ。きみも、ふなべりにつかまって聞いていたはずだよ。あいつは、警察でもおなじことをしゃべるにちがいない。ぼくは、裁判のときあいつにそうきいてやる。『それが、どうしてあなたにわかりましたか？　園田くんは、まえの日まで、それを持っていなかった。その日、ゆきがけに、それを買って持っていった。あなたが、あのモーター・ボートを操縦していたのではなかったら、そんなことは、わかりっこないでしょう。』っ

てね……。」

「ああそうか！」園田くんはニッコリわらいました。

♠　♠　♠

小林くんのいう、「それ？」とは、いったいなんでしょうか？　きみも園田くんになったつもりで、考えてみてください。

［答え］　水中めがねと水中銃です

魔法探偵術

挿絵　高荷義之

『少年』1959（昭和34）年お正月大増刊 出題編掲載
『少年』1959（昭和34）年4月号 解答掲載

現代ではどうなのかわからないが、かつての小学生にとって、林間学校のお楽しみ、夏休みの風物詩の定番といえば、肝だめしだった。本編は肝だめし自体を題材にはしていないものの、井上くんやノロちゃんの真夜中の墓地での手に汗握る冒険には、肝だめしに通ずるものがある。作中でふたりが体験するスリルと恐怖はけっこうリアルで、こちら側のドキドキ感とシンクロしていく。

序盤の怪奇ムードが後半に入ると一転、興味の焦点がノロちゃんの失われていた記憶を甦らせるための心理実験へと移る展開も、面白い。物語のあとに付された専門的な解説は、小学生にはいささか難解のような気もするが、その分、大人の鑑賞にたえうるような内容になっているともいえる。

これまで乱歩作品にはあまりなじみがなかったという方には、名作「心理試験」を併せて読むことをお勧めしたい。（森）

江《え》戸《ど》川《がわ》乱《らん》歩《ぽ》先《せん》生《せい》出《しゅつ》題《だい》の
大《だい》懸《けん》賞《しょう》つき探《たん》偵《てい》クイ
魔法《まほう》
探偵術《たんていじゅつ》
高荷義之《たかによしゆき》(絵《え》)

黒《くろ》ネコのおまじない

霜柱のたったある寒い冬の朝、井上くんがおうちの庭で、大きな黒ネコの死んだのを見つけなかったら……また、ノロちゃんがむちゅうになって「ハックルベリ・フィン」の本をよんでいなかったら……そしてふたりが黒ネコの死んだのと、ハックルベリのふしぎなおまじないの話を、学校の昼休みにしなかったら……このおそろしい冒険は、おこらなかったでしょう。

ノロちゃんが、いっしょうけんめい井上くんに説明しています。

「夜中の十二時ごろ、ネコを持って、墓場へいくんだ。それで、十二時ごろになるとね、悪魔が出てくるんだ――二ひきも三びきも出てくるかもしれない。目には見えないけれどね。ただ風みたいな音がするんだ。話し声は、きこえるかもしれない。悪魔は墓場にうめられた悪人をかかえてつれていくんだ。そのときネコをぶっつけて、おまじないをいうんだ。『悪魔は死がいおっかける。ネコは悪魔おっかける。イボはネコをおっかける。もうおまえとはえんきりだ。』そうすれば、どんなイボだってとれるんだって……『ハックルベリ・フィンの冒険』って本に書いてあるよ。ゆうべ、よんだけれど、すごくおもしろかった。きみ、手にイボがあるだろう。こんばん、うそか、ほんとか、ハックルベリのおまじない、ためしてみない？」

「へえー。たしかに、ぼくの手にはイボがひとつあるけれど、そのおまじない、ほんとかなあ……。」井上くんは、目をパチクリさせて、どうもノロちゃんの話は、あてにならないといった顔つきです。

「フーン。そんなことといって、ネコの死んだのぶらさげて、夜、墓場にゆくのこ

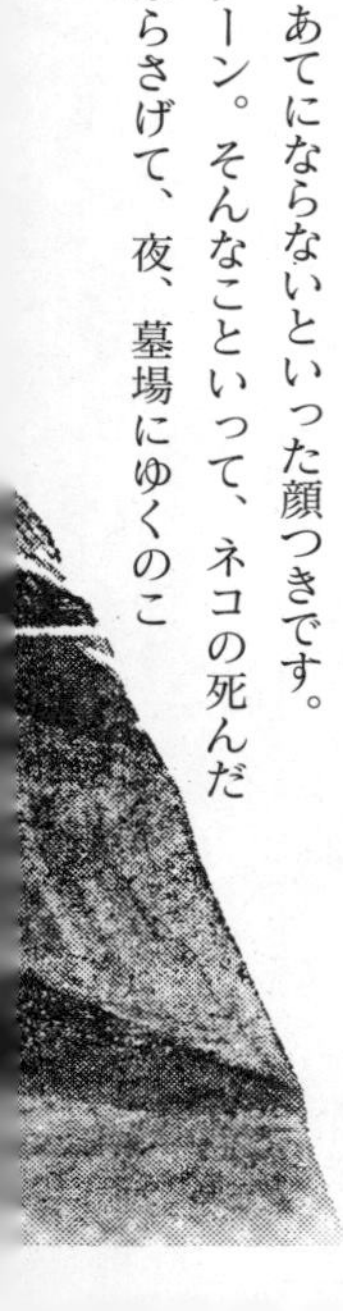

わいんだろ。」ノロちゃんが、こういって井上くんをからかったので、さあたいへん！

「なにっ！　こわいことなんかあるもんか。こんばん、お寺の墓地へいってためしてみるよ。どうだい、きみもいっしょにくるかい？」

　井上くんは、カンカンにおこって、はんたいにノロちゃんにくってかかりました。

「ウ、ウーン。ぼ、ぼくも、もちろん、ゆくよ。」しかたなく、こうへんじをしたものの、少年探偵団員のなかで、いちばんからだが小さく、いちばんよわむしがノロちゃんなのです。

♣ ♣ ♣

　その夜、九時半にノロちゃんは寝床にはいりました。十二時まで、二時間半！　ねるどころか、もうジッとしていられないような気持でまっていました。もうじき夜があけるのではあるまいかと思われるころ、十時のなる音がしました。ウーン、これには、がまんがなりません。寝がえりをうったり、モジモジしたり、ノロちゃんは、くらやみの中で、昼間、井上くんとした約束を、後かいするのでした。

　みんなシーンとねしずまっています。しかし、そのうち、時計のカチカチいう音が耳にはいってきはじめました。すると、やねうらの古いはりがあやしげに、ピチピチわれだしました。そして、階段がかすかにギーときしみました。幽霊の動きだす時間がやってきたのです。ウ、オ、オ、オーン、かすかな犬の遠ぼえがきこえてくると、寝床の中で、ノロちゃんはブルッと身ぶるいをしました。寒い寒いくらやみの中をさまよいあるく白い幽霊の姿……それを見わけて、犬はほえたてているのかも

しれません。ノロちゃんは、もう、どうしていいかわかりませんでした。

けれども、そのうちに、うつらうつらして……ねむらない時計が十一時をうったのを、ノロちゃんはききませんでした。それから、はんぶん形になり、はんぶんモヤモヤとした夢にまじって、いんきなネコのニャーンというなき声がきこえ、ノロちゃんは目をさましました。つづいて、窓ガラスをコツコツとたたく音、ノロちゃんは、これではっきり目をさましました。

あたたかい寝床をぬけだし、身ぶるいをしながら、洋服をつけ、オーバー、手袋……そーっと窓をあけて、庭にとびおりると、井上くんは、ネコの死んだのを持って、さむそうに立ってまっていました。

墓《ぼ》地《ち》の怪《かい》人《じん》

それから三十分して、ふたりは昼間さがしておいたお寺の墓地に立っていました。なるべくさびしいところというので、草がボウボウとしげり、板に死んだ人の名まえをかいたのがグラグラしながら、あちらこちらに立っています。

北風がおこって、林の間をうなってとおりすぎました。「……コラ、こぞう、早くかえれ……。」といっているみたいです。ノロちゃんはすこし、こわくなりました。

「井上くん、死んだ人間がね。ぼくたちがきても、いやがらないと思うか。」

ノロちゃんが、ささやくような小さな声でたずねます。

「それがわかればいいんだがね。ずいぶんシンとしているね。」井上くんの声もささやくような声

です。

　そこで、ふたりが、この問題を頭の中で考えているあいだ、しばらく声がとだえました。

　それから、井上くんが小声で、ノロちゃんにたずねました。

「あのね。ノロちゃん。死人はおれたちのいうこと、きいてると思う?」

「あたりまえだよ。きいてるさ。ともかく、たましいはきいてるな――アッ、ウーン。」

　ノロちゃんの目がとびだしそうに大きくひらいて、ブルブルふるえながら、左の方をゆびさしました。

　草の上をフワフワと、ひとだまのような火がとんでくるように見えたかと思うと、近づくにつれて、それは、おおいをかぶせた懐中電燈を持った、黒い人の姿となり、ノロちゃんと井上くんがかくれている、すぐ横の大きな墓のかげにしゃがんで、なにかやりはじめました。重い石をうごかすような音がきこえます。

　いまひと声でも声をだそうものなら、ふたりともころされそうな気がして、ノロちゃんも井上くんも、だきあっていました。

　ふたりが元気をとりもどしたのは、やがてその黒い人かげが、ふたたび立ちあがり、もときた道を草をおしわけながら姿が見えなくなりかけたころです。

「オイ。ノロちゃん、あやしいぞ。あとをつけよう。」さすが、おとうさんがボクシングの選手だけあって、井上くんは勇気があります。すぐ少年探偵団員の気持ちにもどって、こわがるノロちゃんを、手をひきずるようにして、あやしい人かげのあとをつけはじめました。

その尾行はとてもかんたんでした。墓地をではずれたところに、古ぼけた家があります。寺男でもすんでいるのでしょうか。その家の戸をギーとあけて、その人かげは、いちど外をキョロキョロと、ふりかえってみまわすと、すっと中にきえてしまいました。そのとき、家の中からさすあかりで、ノロちゃんは見てしまったのです、その男の顔を……。

◆
◆
◆

「なーんだ。なんでもなかったんだね。あの男は、あの寺の寺男だったんだね。」

かえりみち、井上くんが、そうノロちゃんにはなしかけると、

「ウン、それはそうかもしれないが、ぼく、あの顔、むかし、どこかでみたような気がするんだ……。」ノロちゃんは、そういって、考えこんでしまいました。

「おかしいな、あの顔、どこかで見たよ。」
「なんだ、ノロちゃん。まだ、きみ考えこんでいるの。あれから一週間になるぜ。きみ、お墓の幽霊にとりつかれたんじゃないか。」井上くんにわらわれても、ノロちゃんは、まだ首をかしげて考えこんでいます。

催《さい》眠《みん》術《じゅつ》の魔《ま》法《ほう》

あくる日は日曜日です。まだ考えこんでいるノロちゃんが、明智探偵事務所の少年探偵団本部に顔をだすと、とたんに、小林団長に声をかけられました。

「ノロちゃん。井上くんからきいたよ。きみの考えこんでいること、思いださせてあげようか。」

「おねがいします。小林くん。ぼく、気になってしかたがないの。」

「名案があるんだよ。」そういっ

て、小林くんが、ノロちゃんをつれていったのは、いったいどこだったのでしょうか。それは、あるゆうめいな大学の心理学研究室でした。

しーんとうすぐらいへやでした。ノロちゃんが、めがねをかけた先生の前に立つと「肩の力をぬいて楽な気持ちでいてください。すこしもこわいことはありません。」といって、先生はノロちゃんの肩に手をおきました。

「いいですか。私が一から十までかぞえますから、よくきいていてください。きみはだんだんねむくなってきますよ。一つ、二つ、三つ……ほうら、ねむくなってきたでしょう。八つ、九つ、十。」

ノロちゃんは、すっかり目をとじて、うっとりとなってしまいました。しかし、まだ、ほんとうにねむってしまったわけではありません。

先生が、ノロちゃんの胸とせなかに手をあてて、「ほうら、後ろの手をはなすと、きみは後ろにたおれますよ。」といいながら、手をはなすと、ノロちゃんはフララとなって後ろにたおれかかりました。

……まるで、後ろによりかかっていた柱でもとられたような気持ちです……。

しかし、すぐ先生が、せなかをささえてくれました。

「こんどは、前の手をはなすと、きみはまえにたおれますよ。」先生がこういって、胸にあてていた手をはなすと、ノロちゃんはハッと前にのめりそうになってしまいました。

そのころになると、ノロちゃんはすっかりねむくなってしまいましたが、先生のことばだけはきこえていました。

「さあ、そのいすにこしかけて……。」先生はノロちゃんをすわらせると、

「いいですか。両手をピッタリつけてください。私がハイというと、きみの手は、はなれなくなってしまいますよ。」といいながら、ノロちゃんの両手をかるくおさえて、「ハイ!」といいました。

ノロちゃんは、手をはなそうとしましたが、だめです。両手は、まるでノリではりつけられたように、ぴったりくっついて、どうしてもはなれません。

「はなれなくなってしまいましたね。でも、だいじょうぶ。はい、もうはなれます。」先生がそういいながら。ノロちゃんの手を、ぽんとたたくと、かるくはなれてしまいました。

「きみは、いま野原にいます。チョウチョウもとんでいますね。花もさいています。小鳥も鳴いています。」

先生の声が、どこからかノロちゃんの耳にはいってきます。ノロちゃんは、コクリとうなずきました。

「それでは、そこにさいているきれいな花をつんで、私に見せてください。」

ノロちゃんの目には、広い野原が見えてきました。うららかな春の日をあびて、赤い花がいっぱいさいています。足もとの花をつんで先生にさしだすと、「どうもありがとう。」といって、ノロちゃんから花をうけとりました。しかし、その花は、ノロちゃんしか見ることのできない花だったのです。

「さあ、たいへん。雨がふりだしました。早くかさをささなくては……。」先生の声に、ノロちゃんは、空を見あげました。目はとじているのですが、ノロちゃんは、ハッキリと雨雲が空におおいかぶさり、雨がポツポツふりだしたのがわかりました。いままで鳴いていた小鳥の声も、きこえなくなりましたし、チョウチョウも、どこかにきえてゆきました。

ノロちゃんは、手にわたされたかさをさすと、じーっと雨がやむのをまっていました。

♣ ♣ ♣

「空がだんだん晴れてきました。よかったですね。」

先生の声がきこえます。

……雲がどんどんきえてゆくな。あ、小鳥が鳴きだ

した。日もさしてきたぞ……。
「鳥がとんでいますね。あなたもあの鳥のようにとべますよ。さあ、両手をひろげてとんでごらんなさい。」先生にそういわれると、なんだかノロちゃんは、じぶんもとべるような気がしてきました。思いきって手でばたばたと、はばたきをすると、ふしぎ、ふしぎ、からだがスウッとかるくなって、空高くまいあがりました。
……ウワー、気持ちがいいな……ノロちゃんは、あちらこちらと、とびまわります。
見学していた小林少年と井上くんは、くすくす笑いだしました。だって、へやの中を両手をひろげて、あっちへふらり、こっちへふらり、歩いているノロちゃんの姿があんまりおかしかったからです。

思《おも》いだした顔《かお》

こうして、ノロちゃんは、だんだんと深い催眠術のねむりに落ちてゆきました。

「きみはとってもえらいんですよ。アイゼンハワー大統領になったのです。それでは、これから、アメリカの人工衛星について、みなさんに演説をしてください。」と先生にいわれると、ノロちゃんは、いすからたちあがって、えらそうに胸をはり、

「エヘン、わたしはアイゼンハワーであります。アメリカの人工衛星は、いまや、めざましい発達をとげ、

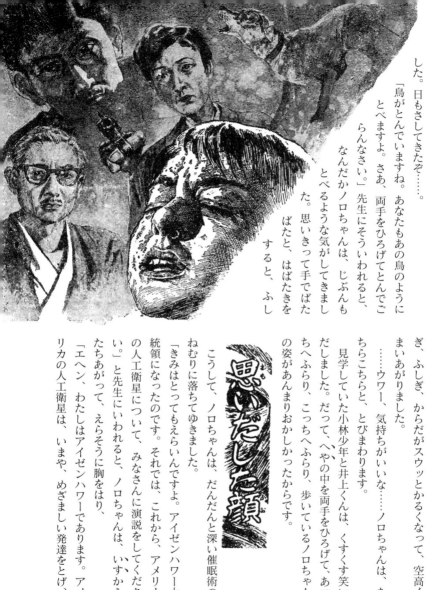

ちかいうちに火星めがけて大ロケットが発射されるでありましょう……。」

「ありがとうございました。」先生にいわれて、ノロちゃんは、まんぞくそうにいすに腰をおろしました。

◆　◆　◆

「こんどは、きみは5という数字をわすれますよ。」先生は、そういって、ノロちゃんを黒板のところまでつれてゆきました。

ノロちゃんが目をあけて見ると、そこには（3＋2）（6－1）（2＋4）（6－2）などという式がかいてありました。（2＋4＝6）（6－2＝4）などは、すぐできたのですが、（3＋2）（6－1）がなかなかかけません、とうとう（3＋2＝4）とかいてしまい（6－1）はさかんに首をひねって、だれにもわからないふしぎな数字をかいていましたが、しまいには黒板ふきでけしてしまいました。すっかり5という数字をわすれてしまったのです。

「たいへん、ごくろうさまでした。さて、いよいよ時計の針がぎゃくにまわりだしました。さあ、たいへん。きみはどんどん、むかしにぎゃくもどりして、年がだんだんすくなくなってゆきますよ……もう三年生です……二年生になりました。とうとう、一年生になってしまいました。では、もういちど、黒板のところへいって、木と家と人形の絵をかいてください。」先生にいわれて、ノロちゃんは、いっしょうけんめい絵をかいたのですが、どう見ても、そのまずい絵は六年生の絵らしくありません。名まえもひらがなで、「のろいっぺい」と書いてしまいました。

見学している小林くんと井上くんは、びっくりしています。

「学校はおもしろいですか?」先生がたずねます。

「あんまり、おもしろくないや。」ノロちゃんがこたえます。

「どうしてですか。」と先生。

「いじめっ子がいるから……。」そうこたえるノロちゃんのようすは、まるで小学校へはいったばかりの一年生でした。

「学校からかえって、なにをしてあそびますか?」と先生。

「ぼく、おかあさんに白ネズミ買ってもらったの。」とノロちゃん。

「そのほかに、生きものをかっていますか?」

「犬がいます。」

「なんという名まえですか?」と先生。

「ペス。」そうこたえたとき、ノロちゃんの顔は、くるしそうにゆがみました。

思いだしたのです。小学一年生のとき、あるばん、おうちにはいった、おそろしいピストル強盗のことを……はげしくほえたてた、あのペスのほえ声を……。

夜の墓場で見たあの寺男の顔は、そのピストル強盗の顔でした。ふとんの中で、おくびょうなノロちゃんは、ブルブルふるえながらも、そのギャングの顔をはっきりと見たのです。

魔法使いのような催眠術の先生の力で、ノロちゃんの心の中にうかびあがってきたおそろしいこの事件が、あきらかにされたのはいうまでもありません。

時計の針が先生の力で、もう一どぎゃくにまわって、ノロちゃんは、ぶじに六年生にもどり、催眠術からさめたとき、すこしつかれていましたが、ノロちゃんはさけびました。

「小林くーん。あのギャングをつかまえて！」

「よし、きた！」

宝石《ほうせき》さがし

小林くんの電話で、サイレンをうならせてパトロール・カーが出動し、墓場の怪人はつかまりました。
めでたし、めでたしというところですが、とてもこまったことがおこりました。
せまい寺男のうちの中を、それこそ、てんじょううらにのぼり、床の下にもぐって、しらみつぶしにさがしまわったのですが、ぬすんだ宝石が、みつからないのです。
「フフフフ……おれは、なにも悪いことなんか、しちゃいないよ。だいいち、そんなこぞうのあてにならないことばだけで、おれをつかまえるなんて、どうかしてるぜ。え、そうだろ、おまわりさん。しょうこは、どこにあるんだ。しょうこは？」にくにくしい笑いをう

かべて、寺男は、クモの巣だらけになった警官たちをあざけるのでした。

諸君、こまったことになりましたね。せっかく、ノロちゃんがすばらしい名探偵ぶりをみせたと思ったのに……いったい、ギャングは、ながい間に、ぬすみためた宝石を、どこにかくしたのでしょうか？　そのなかに、ノロちゃんのおとうさん、おかあさんにピストルをつきつけて、とりあげたあの宝石がまじっていれば、それこそ、もんくなしのしょうこになって、えらそうなことをいっていばっているギャングを、ギュウといわしてやることができるのですが……。

おまわりさんたちがこまりきっているところへ、小林団長、ノロちゃん、井上くん、少年探偵団のみんなが自動車でかけつけてきました。

「え、うちの中に宝石がないって……。」

小林くんは、ちょっと首をかしげて考えこんでいましたが、

「アッ、そうだ。」といって、ノロちゃんと井上くんに、なにかヒソヒソと耳うちしました。

井上くんもノロちゃんも、それをきくとニコニコ笑って、うなずいていましたが、元気よくパッとどこかにかけだしてゆきました。

やがて、宝石をザクザクかかえて、ふたりの少年がいさんでかえってきたとき、えらそうなことをいっていた寺男が、どんな顔をしたか？　諸君に見せたかったですね。

［問題］さて、諸君。宝石はどこにかくしてあったのでしょう。小林くんになったつもりであててください。ホラ、ノロちゃんと井上くんの夜の冒険のところを、もういちどよめば、すぐわかるでしょう？

（この物語にでてくる催眠術のお話は、作りごとではありません。まるで、魔法使いのお話みたいですが、ぜんぶ、ほんとうのことです。時計の針をぎゃくにまわすのは、催眠術のことばで「年齢逆行」といって、ふだんわすれていた、むかしのことを、はっきりと思いだすことができるそうです。ただ、おわってから、時計の針をもとにもどしておかないと、催眠術がさめてからも、むかしのこどものままになってしまいますから、たいへんです。）

［答え］墓の中

悪魔の命令

挿絵　高荷義之

『少年』１９６０（昭和35）年お正月大増刊 出題編掲載
『少年』１９６０（昭和35）年４月号 解答掲載

発表年代も近く、内容的には「魔法探偵術」と対になっているといえなくもない作品だが、従来の〈少年探偵シリーズ〉の愛読者たちにとっては、はるかにショッキングなものになっている。というのも、あろうことか明智探偵事務所が犯行現場となり、さらには被害者となるのが少年探偵団の団員たちだからだ。しかも、毒薬がお正月のおぞうに混入していたのが原因だというから、おだやかではない。明智探偵事務所を狙った凶悪事件はこれだけにとどまらず、今度はオートバイのブレーキに細工が施され、それに乗って出かけた小林少年が怪我を負う。危険はさらに、明智小五郎自身の身にもおよんでくる……。

犯人ならびに真相はきわめて意外で、ある意味、シリーズの愛読者の盲点をついたものといえるだろう。こちらも物語のあとに解説が付されており、そこでちゃっかり光文社で出している本の宣伝をしているのが、なんとも微笑ましい。（森）

悪魔《あくま》の命令《めいれい》
江《え》戸《ど》川《がわ》乱《らん》歩《ぽ》先《せん》生《せい》出《しゅつ》題《だい》
探《たん》偵《てい》クイズ
高荷《たかに》義之《よしゆき》・絵《え》

はらいた

お正月だというのに、東京の麹町にある明智探偵事務所は、大さわぎでした。

明智探偵に「おめでとう。」をいいに勢ぞろいした少年探偵団の面々が、お昼にだされたおぞうにをたべると、とたんに、みんなおなかがいたくなってしまったのですから――。

少年探偵団の団長、小林芳雄くんと明智探偵は、ちょうど警視庁からお客さんがあり、食事をあとにして、お話をしていたのです。

それだけに、明智探偵の心配はひととおりではありません。

「どうしたのだ。お正月早々、わたしのだいじな少年探偵団の諸君を、こんなひどいめにあわせて。」

いつもニコニコ笑っている明智探偵が、まっかな顔をして、おくさんの君代さんをどなりつけました。

さっそく、お医者さんがよばれ、薬をのませるやら注射をうつやら――。

「やれやれ、ひどい病人がでなくてよかったね。しかし、食べすぎでひとりのこらずおなかがいたくなるというのもおかしいし、お正月料理も、いたんだ古いものなんかないんだがねえ。」

そういって、明智探偵は、このはらいたさわぎで、まだ手をつけてなかった、じぶんの分のお正月料理を、クンクンと犬のようにかいでまわりました。

「まてよ。ねんのために、お医者さまに、この料理をもっていって、検査してもらったほうがいいな。」

◆ ◆ ◆

ところが、その夜になって、たいへんなことがわかったのです。

お医者さまからの電話のベルがなりひびき、電話口にでた明智探偵の顔が、サッと、ひきしまりました。

「なに！　毒薬！　毒薬がおぞうにの中にはいっていたのですって……。」

すぐさま、明智探偵事務所の台所が、明智探偵の手によってきびしくしらべられたのは、いうまでもありません。

しかし、ほかには、毒薬のはいっている料理をみつけだすことはできませんでした。

「おまけに、ふしぎなことに、あのおぞうにの中に毒薬をいれることができる人は、わたしと花崎マユミさんしかいないんですよ。あ、そうそう、それからお昼まえ、台所でウロウロしていたくいしんぼうのポケット小僧くん。」と、おくさん。

花崎マユミさんといえば、少年探偵団のおねえさんで、ゆうめいな花崎検事のおじょうさん（「妖人ゴング」事件で大活躍したひと）。ポケット小僧くんといえば、これまた、れっきとした少年探偵団の団員（ほら、「怪人20面相」のテレビのなかにでてくるでしょう。とてもかわいい少年です。）

そうすると、おぞうにの中に毒薬をいれた犯人はいなくなるではありませんか。

「ふーん。」、さすがの明智探偵も、腕をくんでかんがえこんでしまいました。

少年探偵団員をみなごろし、いや、うまくいけば、明智探偵も道づれにしようとしたまぼろしの犯人は、いったいだれでしょうか。

とにかく、明智探偵や少年探偵団にうらみをもつ悪人のしわざであることはたしかです。

「君代。さっきのおぞうには、まだとってあるかね。」

かんがえこんでいた明智探偵が、おくさんにたずねます。

「あらいやだ。あなたの分はお医者さまのところにもっていったでしょ。あとの分は、すてしまいました。だって、きみが悪いんですもの……。」

明智探偵は、なんだか、がっかりして、いすにすわりこんでしまいました。

こわされたオートバイ

しかし、少年探偵団員のはらいたは、たいしたことにならずにおわったようです。さいわいに、つぎの日はもう、みんな元気になりました。それから一週間、三学期もはじまったある日、こんどは明智探偵のご用で、オートバイにのってでかけた小林くんが、青い顔をして事務所にかえってきました。びっこをひいています。

「おや、どうしたの。小林くん。」花崎マユミさんが声をかけると、小林くんは、へんなことをいいだしました。

「オートバイのブレーキが、こわしてあったんですよ。大きなトラックが、横の道からでてきたので、ハンドブレーキをかけたら、ぜんぜんきかない。あわてでフットブレーキをふんだんですが、これもどうしたことか、役にたたない。おかげで歩道にのりあげてひっくりかえり、足をくじいちゃった。おかしいなと思って、オートバイをしらべてみたら、マユミさん――」

小林くんは、ここで、声をひそめて「おどろいたことに、ハンドブレーキのワイヤーが、プツンと切られているんです。フットブレーキをしらべてみると、ネジがゆるめてある。だれがやったんだろうね。」

「ふーん。」マユミさんもおどろいて、「うちの事務所の車庫は奥のほうにあるし、いつもカギがかかっているから、外の人がはいりこんで、イタズラをしていったというのもへんね。だいいち、知らない人が、ノコノコ門からはいってきたら、シャーロックが、ほえるでしょ。」

と、首をかしげます。

シャーロックというのは、明智探偵がだいじにしてかっているシェパードで、いままでに何人も犯人をさがしだしたことのある名犬です。

「小林くん。オートバイ、いまどこにおいてあるの?」

ふたりの話をきいていたのでしょう。おくの机で本をよんでいた明智探偵が、声をかけます。

「はい、先生。近くの交番にあずかってもらってきましたが。」

と小林くん
「すぐ、トラックをよんで、のせてもってきなさい。」

いつもやさしい明智探偵が、きびしく小林くんに命令しました。

「あ、それから大きなきれをもっていってね。オートバイをくるんでもってかえってくるんだ。オートバイをだれにもいじらしちゃだめだよ。」

明智探偵のこのことばは、小林くんには、なんのことやら、よくわからなかったようです。

やがて、スッポリ白いきれにつつまれ、トラックにのせられてかえってきた、オートバイをおくのへやにはこびこむと、明智探偵はオートバイのあちらこちらに、白い粉をふりかけ、明るい電燈でてらして、カメラで、ぱちぱちうつしだしました。

「あっ、そうか！　これで犯人がみつかりますね……。」

小林くんが、大きな声をだしました。

「そうなんだよ。小林くん。」

ニコリと明智探偵が、笑いました。

いったい、明智探偵は、なにをしているのでしょうか？　そして、わかった犯人は、いったい、だれだったのでしょう。

意外《いがい》な犯人《はんにん》

とにかく、その犯人は、意外な人だったらしいのです。だって、小林くんも明智探偵もオートバイからとった写真ができあがると、顔をみあわせて、「アッ。」とさけんだのですから――。

それから、夜ふけまで明智探偵のへやからはあかりがもれ、小林くんと犯人をつかまえる作戦をねっているようすでした。

あの用心深い明智探偵が、ピストルを、机の上にころがしておいている――へんですね。

あくる朝、へやをそうじしたおくさんが、首をかし

げました。おまけにタマもつまっているようです。

「先生。どうなさったのですか。」

花崎マユミさんが、心配してきいても、明智探偵はニコニコ笑っているだけです。もしかしたら、これも、あのばん、小林くんとねった作戦のひとつなのでしょうか。

あくる日も、そのあくる日も……ピストルは青黒い銃身をにぶく光らせて、明智探偵の机の上に、なにか意味ありげに、ころがっていました。

そして、一月もおわりに近づいたある寒いばんのこと——いや、もう時計は二時を打ったでしょう。明智探偵のへやのドアが、そーっとあき、黒い影がそっとしのびこみました。影は机の上のピストルをおもそうにもちあげると、スヤスヤと寝息のもれる明智探偵のまくらもとに——。両手で銃をかまえると、「ズドン!」

くらやみに、パッと赤い火の舌がひらめき、プーンと火薬のにおいがたちこめました。

ああ、われらの明智探偵は、ピストルでうたれてしまったのでしょうか? ちょっとへんですね。

✕ ✕ ✕

あくる日、ポケット小僧くんが学校からかえるとちゅう、せいの高い男がかたをたたきました。

「おい、おい。坊や。」

「あ、おじさん。」

ふたりはつれだって、人通りのすくない横道にそれると、古い洋館の門をギイとあけて、中に姿をけします。

「先生、このうちですね。」おや、小林くんがそのあとを尾行してきています。それにしても先生とは？ アッ！ 明智探偵です。ゆうべ、たしかにピストルでうたれたはずなんですが。へんですね。

小林くんと明智探偵は、ひらりと門をのりこえ、うら庭のほうに、ソロソロとまわり、窓から中をのぞきこみました。

「アッ、ここだ。」目と目でうなずきあったふたりの探偵の目の前にくりひろげられたへやの中の異様な光景――

いすに腰をかけて、目をつむり、ねむっているようなポケット小僧くん。むかいあって、せいの高い、するどい目をした男がたち、みょうに、赤いくちびるからは、へんなことばが――まるで、お経のようなねむけをさそうようなことばが、流れでます。

「おまえは、ゆうべ明智をうったといった。人をころせば、おまえも、みつかれば、死刑だ。死刑なんだぞ……。おまけに、もし、死刑にならなくても、おまえは、もうじき、どうせ死ぬ運命なのだ。しかも、おそろしく苦しんで死ぬだろう。おまえのからだはくさっている。血はうみのように、にごってくるだろう。どうだ。こんなことになるなら、いまのうちに、らくに死んでは……。」

男の口からは、ながながと、おそろしいことばがつづいてでてきます。

「汽車にとびこむんだ。そうしたら、らくに死ねる。いいかね。ポケット小僧くん。それも早いほうがいい。そうだ、あした。さっそく、あした死ぬのだ。ヨーシ。おれのいうことは、わかったね。わかったら返事をしてごらん。」

するとどうでしょう。ねむったようなポケット小僧が、コクリとうなずいて、「はい、あした、汽車にとびこんで死にます。」と、返事をしたではありませんか。

「よろしい。」男はニヤリと笑って、

「それではもうかえってよろしい。いいか

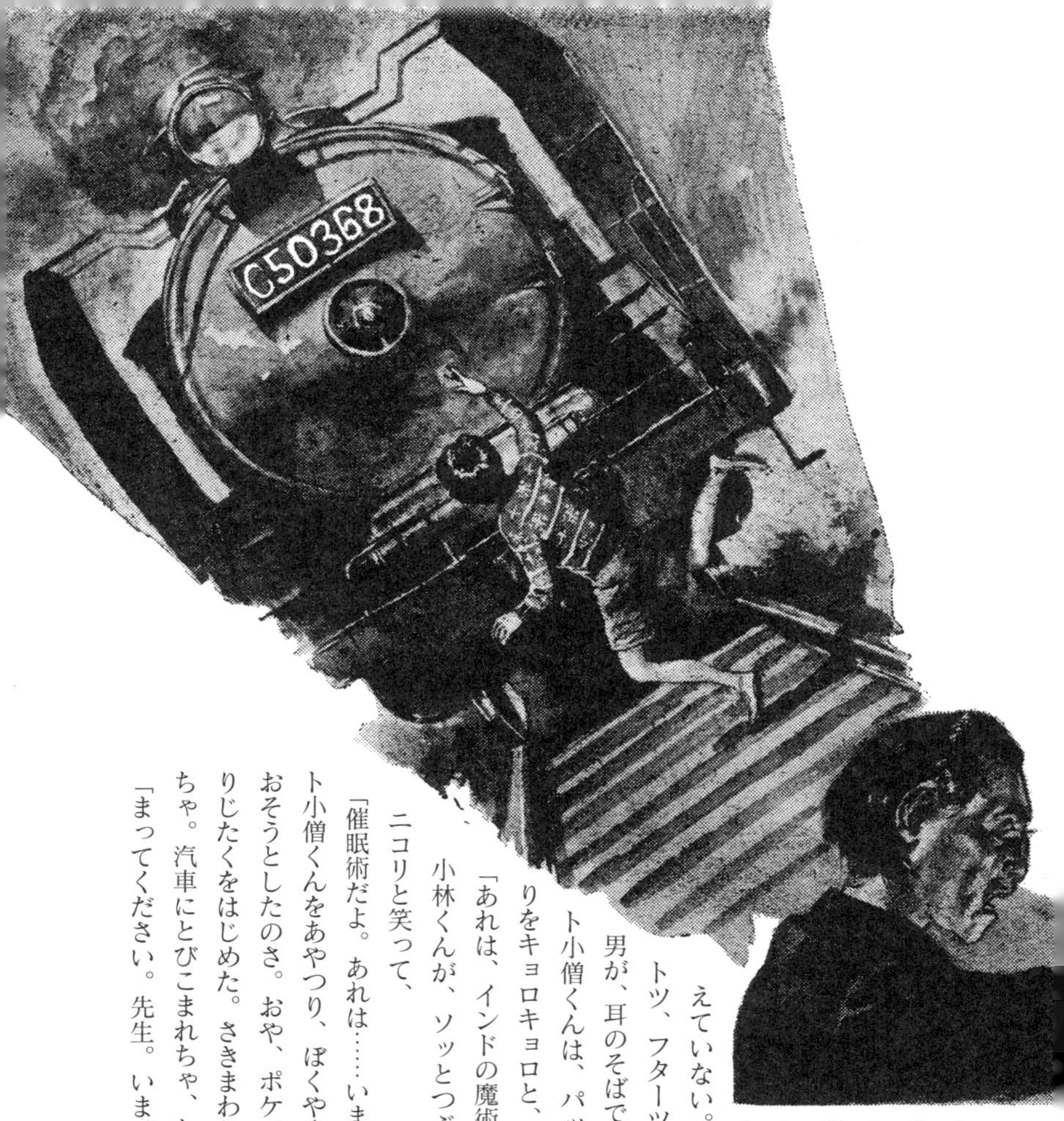

な。おれが手を耳のそばで、パーンとならすと、おまえは目がさめる、さめたら、ねむっていたときのことは、なにもおぼえていない。いいかね。そら、ヒトツ、フタ―ツ、ミッツ。パーン。」

男が、耳のそばで手をたたくと、ポケット小僧くんは、パッと目をあけて、あたりをキョロキョロと、みまわしました。

「あれは、インドの魔術かしら。」

小林くんが、ソッとつぶやくと、明智探偵はニコリと笑って、

「催眠術だよ。あれは……いままで、あの手でポケット小僧くんをあやつり、ぼくや少年探偵団の諸君をたおそうとしたのさ。おや、ポケット小僧くんが、かえりじたくをはじめた。さきまわりをしてつかまえなくちゃ。汽車にとびこまれちゃ、たいへんだ。」

「まってください。先生。いま、あの男も、つかまえ

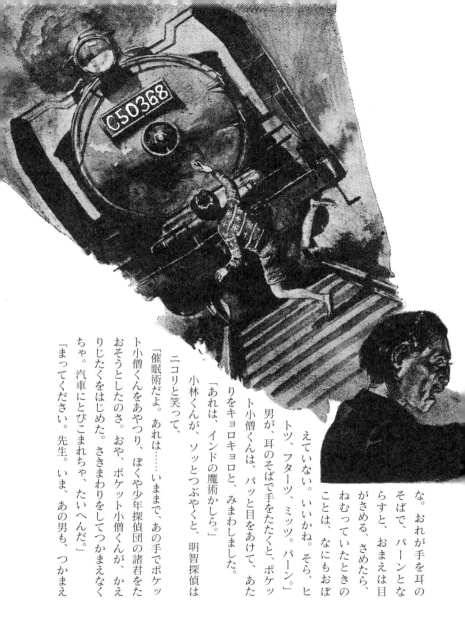

てしまったら、どうですか。」と、小林くんは、いまにもとびだそうと、みがまえしています。

「だめ、だめ。警察へつれていってから、『そんなことは明智のでたらめなつくりごとだ。しょうこがあるか。』とあの男にいなおられたら、こっちの負けだからね。」明智探偵はおちついています。

♣ ♣ ♣

諸君は催眠術を知っていますか？　催眠術はたいていの人にかけられる。リコウな人がかかるのではなくて、はんたいに、リコウな人がかかるのです。赤んぼうやバカには、催眠術はかかりません。

たとえば、三〇センチばかりの糸のはしに五円玉を

むすびつけ、お友だちに指さきで、コップの中につりさげてもらいます。そして、きみが、「この五円玉が自然にうごきだしますよ。」という。このばあい、お友だちには、ほかのことは、宿題のことも、テレビや漫画のこともかんがえないようにしてもらう。頭の中をからにして、「五円玉が動きだす。」そのことだけを心の中で思って、ジーッと五円玉を見つめるようにしてもらう。そうすると、やがて五円玉がしずかにゆれはじめ、そのうち、ゆれ方がしだいにはげしくなって、コップにつきあたってカチカチ音をたてるようになるでしょう。

　これが催眠術の入り口で、べつにお友だちは、わざと五円玉をふり動かしているわけではありません。「動く。」と思っている心の動きが、からだに作用して、自然と指さきを動かすのです。

　ですから、「手が動かない。」と思えば、動かなくなる。「からだが石のようにかたくなった。」といって、からだをコチコチにするということも、催眠術のかけ方のじょうずな人にはできるわけです。

「きみの手が動かなくなる。」「きみのからだは、石のようにカチカチになる。」こういうことばを暗示のことばといい、ねむりが深くなると、頭の中は、すっかり、からになっているから、ますます、暗示にかかりやすくなる。

「手をたたくと、ぼくの姿が見えなくなる。」といって、手をたたくと催眠術をかけられた人には、かけた人の姿が見えなくなって、「忍術だ。」といっておどろく。

「やけ火バシですよ。」といって、エンピツを手にあてたら、「アツイ!」といってとびあがったばかりでなく、あとから火ぶくれができたこともあります。

ですから、おしまいには、「あいつは、悪いやつだ。おまえをころそうとしている。」という暗示をかけられたポケット小僧くんが、悪人にあやつられて、明智探偵をうったともかんがえられますね。

その夜、明智探偵事務所につれてこられたポケット小僧くんは、どんな話をしたのでしょうか。

悪人のかけた暗示が、強くきいているので、なんにもおぼえていない。なにを聞いても、むだのはずですが――。

そうなのです。キョトンとして、「小林くん。どうかしたの。心配そうな顔をして?」これには、さすがの小林くんも、あいた口がふさがりません。

「なにいってるんだい。きみは、明智先生をピストルでうったんだよ。おまけに、ぼくのオートバイをこわしたり、せっかくのお正月のお料理の中に、毒をいれたり……。」

「じょうだんじゃないよ。」ポケット小僧くんは、おこりだし、「明智先生は、ピンピンしてるじゃないか。きみのオートバイは、ピカピカ光ってうらやましいから、さわっただけなんだぜ。お正月の料理では、ぼくもおなかをいたくしたけれど、それがどうしたっていうんだ。」

「まあ、まあ、ふたりともけんかはやめなさい。」クスクス笑いながら、明智探偵は、小林くんの耳にささやきました。

「これはね。ポケット小僧くんに、いくらきいても、むだなんだ。」

「では、先生。どうやってポケット小僧くんにかけられた催眠術をうちやぶるのですか。」

「フフフ……。それはね。まけずにこちらも催眠術をつかうのさ。」明智探偵は、ふりむいて、

「ポケット小僧くん。こっちへいらっしゃい。」

✽　✽　✽

明智探偵のいったとおりでした。明智探偵は、催眠術で、ポケット小僧くんをねむらせると、うまく、悪人のかけた暗示をうちやぶってゆきました。

「ホーラ。ここにおぞうにがあるね。きみ、なにか、思いださないかね。黒い海、白い粉、赤い花……どう

かね。」

「あっ、思いだしました。白い粉！」

　ねむったようにしていたポケット小僧くんが、口をひらきます。

「その白い粉をどうしたかね。」と明智探偵。

「お正月、明智探偵のうちのお台所でおぞうにのなべの中にいれちゃったんです。ポケットの中に紙につつんでもってきてたんです。そしたら、紙がやぶれて粉がポケットの中にこぼれちゃった。だから、あんまりたくさんはいらなかったんです。」ポケット小僧くんは、ねむそうな小さな声ではなします。

「ああ、よかった。その粉がみんなはいっていたら、少年探偵団は全滅だったよ。」横でだまってきいている小林くんは、ヒヤリとしました。

（ほんとうに、あとからポケット小僧くんの上着をしらべたら、ポケットの中に毒薬の粉が、かすかについていました。）

「その粉は、だれにもらったのかね。」

　明智探偵の質問は、つづきます。

おしばい

　こうして、ポケット小僧くんの話で明らかになったことは、小林くんの想像どおり、悪人が、催眠術をつかってポケット小僧くんをあやつり、少年探偵団を全滅させ、小林くんを交通事故にあわせ、明智探偵をピストルでうちたおそうとしたのです。

　少年探偵団や、小林くんは運よくたすかりましたが、そうだ！　敵は明智探偵だけはうちころしたつもりでいるのです。ポケット小僧くんに悪人がいったことばを思いだしてごらんなさい。

「小林くん、あしたの朝はひとつ、きみにおしばいをしてもらうかな。」明智探偵は、それからなにか、ヒソヒソと小林くんの耳にささやくのでした。

＊　＊　＊

「なに。私が少年探偵団に毒をのませようとした犯人だって。知らないね。おい。だいいち、しょうこがあるのか。」

　あくる朝、警視庁の一室です。あの洋館でとらえられた悪人は、ギョロリと目をむいて小林くんをにらみつけました。あいてを少年とみくびっているのでしょうか。

「しょうこですって。よろしい。しょうこはこの少年です。」ドアがあいて、ポケット小僧くんが、はいってきました。

「知らんね。こんな子どもは、見たこともない。」

　きのうかけた催眠術の暗示のききめを信じているのでしょうか。悪人は、へいきな顔です。

「おじさん。催眠術のなぞはとけましたよ。」

　小林くんの大きな声。とたんに悪人は、ギクリとしたようすです。

「この子は、おじさんの悪事をみんないえますよ。ねえ、ポケット小僧くん。」

　ポケット小僧くんは、コクリとうなずきました。

「うそだ。みんなつくりごとだ。しょうこがない。」

　悪人が、わめきます。

「しょうこはあります。この子は、おじさんのうちの、電話番号も、自動車の番号も、へやの中のようすも、いえますよ。あったことのない、この子がね。」小林くんも、まけていません。

「そんなことは、きめ手にはならん。たぶん、おれのるすのうちにへやにしのびこんだのだろう。みんな、おれを罪におとそうとする明智のつくりごとだ。おまえでは話にならん。明智をだせ。明智を。おれは、あいつの高慢ちきな鼻を、へしおってやる。」ああ、小林くんは悪人に負けてしまうのでしょうか。じっとうつむいてしまいました。

「フフフフ……どうして、明智はでてこないのだね。こんなチンピラ探偵なんかよこして。」

　悪人のせせら笑い。

　悪人は、すっかり明智探偵が死んだと思いこんでいるようですね。

　そのときです。悪人の肩を後ろからポンとたたいたものがあります。思わずふりむく悪人、とたんに、その目がカッととびだしそうにひらかれました。

「アッ！　明智、きさまは死んだはずでは……。」あわてて悪人

が、手で口をおさえても、あとの祭りです。

明智探偵が、死んだ（ほんとうは生きていた。ポケット小僧くんのうったピストルは、火薬だけはいったからダマでした。）ことを知っていたのが、

なによりのしょうこになったのです。ガチャリ、おまわりさんのつめたい手じょうが、悪人の腕にかみついたのは、いうまでもありません。

※　※　※

あとからわかったことですが、さいきん明智探偵につかまえられた国際ギャング団の一味があり、のがれ

たさいごのひとりが、このすごい催眠術使いだったのです。

「ピストルを机の上にころがしておいたのはワナだったのですね。先生。」

冬の日をあびながら、事件がおわったある日、小林くんがたずねます。

「犯人がポケット小僧くんだということはわかっていたがね。それから、おそらく、催眠術を使ったなということも――。しかし、あのとき、つかまえたんじゃ、しょうこがないからねえ。」

明智探偵も、のんびり、パイプをふかしています。

「しかし、ぼくのオートバイに、先生が粉をふりかけはじめられたときは、ハッとしました。ずいぶん、ぼくは、ボンヤリですね。」と、小林くん。

「ハハハ……。あれは探偵術の第一歩さ。おぞうに事件のときには、なべやおわんをあらってしまってあったので、やりそこなってしまったが。しかし、オートバイのブレーキにポケット小僧くんの〇〇〇がついているのにはやはりおどろいた。」ふたりは、声をそろえてわらうのでした。

外は、うららかな小春びよりです。

探《たん》偵《てい》クイズのもんだい

さて、諸君。明智探偵は探偵術の第一歩だといいましたが、いったい粉をふりかけ、カメラをもちだして、なにをしていたのでしょうか？　前の〇〇〇の中にひらがなをいれてください。

［ヒント］ひらがななら3字、漢字なら2字。きみのからだにもこの〇〇〇はついています。ついているところは上半身ですね。この〇〇〇の話は「少年」の社からでている「少年探偵手帳」にもくわしくのっています。

★　★　★

この物語の中に出てくる催眠術のお話はつくりごとではありません。いまから二十五年まえ、ドイツのハイデルベルヒという大きな町で、ほんとうにあったできごとを参考にして、この物語は書かれています。

しかし、催眠術を悪いことにつかうのは、この物語のようにかんたんにはゆきません。催眠術にかかった人にゴムの刀をわたし、人を「つけ。」といえばつくそうですが、ほんとうの刀をわたして「つけ。」と命令しても、けっしてつかないそうです。だから、諸君が「知らないうちに催眠術にかけられて、ぼくは悪いことをするんじゃないか。」などと、心配することはいりません。

催眠術というのは、人の心の働きをしらべるまじめな学問なのです。(人の心の働きというものは、まだ、ほんとうによくわかっていないのです。)

この物語をよんで、催眠術っておもしろいものだな——と思った人は、「少年」の社からでている「催眠術入門」という本を、おとうさんか、おにいさんによんでもらって、やさしく、はなしていただくとよいと思います。

きっと、「人間の心って、ふしぎなものだなあ。」と思うでしょう。


(おわり)

［答え］しもん

指

『少年』1957(昭和32)年11月号 出題編掲載
『少年』1958(昭和33)年2月号 解答掲載

乱歩にはまったく同じ表題の大人向けの掌編もある(光文社文庫《江戸川乱歩全集》第二十二巻『ペテン師と空気男』に収録)。そちらは、何者かに襲われて右手首から上を切断されてしまった名ピアニストの、手術後の奇妙なふるまいを描いている。麻酔から醒めたあと、いい曲ができたからと、右手を失ったことを知らぬまま、ピアノ演奏のまねごとをし始めるというもので、怪奇小説の色合いが強い。

かたや本編は謎解きを主眼とする本格ミステリになっており、合理的な解決を見せる。真相は《少年》の主要読者たる小学生たちにはかなり衝撃的だったのではないかと思われるが、子どもというのは、あんがい残酷なことに惹かれるものなのである。(森)

怪奇探偵小説

指《ゆび》

江《え》戸《ど》川《がわ》乱《らん》歩《ぽ》先生《せんせい》の探偵《たんてい》クイズ

YUBI

中華料理《ちゅうかりょうり》

「正雄くん、おじさんは、この中華料理をみると思いだすふしぎな事件があるんだよ。」

横浜の中国人街の料理屋の二階。すてきなごちそうをまえにして、むかし鬼警部の名をうたわれたおじさんが、こうつぶやいた。

「ぜひ、きかせてください。おじさん。」

そういいながらも、ぼくはごちそうをひとくちぱくり……。

「フフフ……たべながら聞きたまえ。」

おじさんはゆっくり酒をすすってから、

「もう八年もまえになるが、おじさんが神戸の警察にいたとき、ある晩、殺人事件がおこってね……。」

・1・

空《そら》とぶ円《えん》盤《ばん》

けたたましいサイレンをひびかせて警察自動車が、神戸の中国人街の横町をまがると、ブレーキの音高く急停車した。自動車のドアがあいて、警部がとびおりる。

「こちらであります。警部どの。」

「や、石川刑事。どんなようすだ。」

「は、下しらべはすませましたが。」石川刑事は答えて、「名まえはチン。この家の三階にひとりですんでいたのであります。事件のおこったのは、一時間まえ。悲鳴を聞いたものが近所におります。窓から落ちて即死で……。彼は新聞にのりました『空とぶ円盤』の目撃者のひとりであります。」

「なに!」

死の原因は、新しい型の放射線か?

〝空とぶ円盤〟の目撃者の死、相つぐ

朝毎新聞　一九四九年八月七日

一九四八年、アメリカ空軍のマンテル大尉が、空とぶ円盤をムスタング戦闘機でついせき中、ついらく死。その後一月《ひとつき》してイギリスの空とぶ円盤の目撃者アダムスが原因不明の死をとげたことはごぞんじの通りであるが、日本でも昨六日空とぶ円盤発見記を書いたゆうめいな大川氏が東京湾で死体となって発見された。相つぐ空とぶ円盤目撃者の死に、いままで空とぶ円盤を見た人たちは、つぎは自分が死ぬ番ではないかと、おそれおののいている。さいきん、アメリカで発表された説によると、これは空とぶ円盤の秘密をまもるため、乗組の宇宙人が発射した新型の放射線によって殺されたのであると。

「石川刑事。きみはチンも放射線で殺され、三階の窓からころげおちたというのかね。」

「いまのところ、なんとももうしあげられません。ただ、金庫がからになっているのがどうもおかしいようです。」

「宇宙人が金をぬすむものか、へやをよくしらべてみよう。」金持ちらしいへや。床によつんばいになって、警部は虫めがねをポケットからとりだし、ごそごそはいまわる。

「警部殿。チンの指紋しかみあたりませんぞ。」白い粉をへやじゅうにふりかけていた石川刑事が報告する。

「ふーん。これはよほどチンのことをよく知っているやつのしわざだな……おや、これはなんだ。」警部は床からひろいあげた貝がらのようなものを、電燈ですかして見て、「おい、これは犯人の手のツメだよ。かくとうしているときか、金庫をこじあけるとき、はがしたな……。」

「石川刑事、チンのことをよく知っているやつで、ツメをはがしている男をさがせ。そいつが犯人だ。たぶん、空とぶ円盤の宇宙人のせいにする気だったんだろう。」

北京飯店《ぺきんはんてん》のリー

北京飯店の主人のリーはいらいらしていた。かまどには火がもえ、肉をにるにおいが台所いっぱいにただよう。

　コックのフーがぶつぶつしゃべっている。

「けさ、おかしなことあったよ。店ひらくまえ、へんな男きてね。いろんなこと聞いた。どうも、あれ警官だ。それ、制服きないのがあるだろ。あれだね。」

　リーは白手袋をはめた片手にほうちょうを持って、つったったままねっしんに聞いている。

「その男、いったね。おまえのところ、指けがしたコックいないか?」

「……。」

「おれ、いってやったね。わかりません。わたしの店、とてもきれいずき。みんな料理つくるとき手袋はめるきそく。」

「その男、いま、店にすわってるよ。私、見た。いったい、どうしたのかね?」

　リーがいった。

「フー。地下室いって味つけとってくるよろし。もう料理にえた。あと、味つけるだけよ。」

　フーは両手をエプロンでふいて、へやを出ていった。足音が遠ざかり、なべの肉がグツグツにえたつ。

　リーは、かまどにちかよる。ドアを心配そうにながめる。シャツの内がわからなにかとりだし、ぱっと火の中になげいれる、めらめらと炎があがり、その中の一枚があおられて床におちる。数字で〝1000〟という字がはっきり見えた。ひろいあげて、すばやくそれも火の中になげこみ、かまどのふたをとじ、ほーっとためいきをつく。なんだか苦しそうだ。お金はみんな灰になる……。

　それから、ドアをほそめにあけて、店のようすをそっと見る。たしかに、見たことのないお客だ。給仕となにか話しているがここまでは聞こえない。給仕が手袋をぬいで客に見せている。びっくりしたようす。もうわかった!

　リーはドアをしめて、ぱっとうら口にはしった。ぬぎすてたエプロンが宙にまう。ドアをおしあけた。が、ぐっと立ちすくんだ。黒いかげが路地の入り口に、にげみちをふさいで、待ちうけていた。万事休す!

リーは、しょんぼり台所へもどった。あきらめたような目つきであたりを見まわした。フーの足がゆっくり階段をのぼってくる。リーの右手が、のろのろとまな板の上に……。あと一分しかない!

一分後、でぶのフーがどたりどたりと台所に姿をあらわしたとき、リーは流しの上にかがみこんで、顔色はまっさおだった。

「だんな、どうした。気分悪い？」

「おれ、うちにかえる。あと、たのむよ。」

そこへ、給仕がとびこんできた。「定食いっちょう！いつもくる金持ちのおくさんへね。」

リーは路地の入り口にとぼとぼ出ていった。待ちかまえていた黒いかげがいった。

「ちょっと、手を見せてもらおう。」

リーはぶるぶるふるえる両手をさしだした。右手の人さし指が、根もとからなくなっていて、まきつけたほうたいが血でぐしょぐしょにぬれていた。

指《ゆび》のゆくえは？

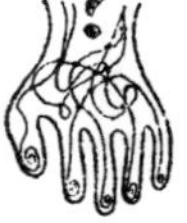

「やっぱり、その男が犯人だったのでしょう。おじさん。」ぼくはさけんだ。おや、話に聞きほれて、すっかりごちそうをたべるのをわすれていた。

「犯人はリーにちがいないさ。」おじさんはくやしそうにいった。「部下たちがリーをわたしの所へひっぱってきたとき、わしはどなりつけたよ。『まぬけ！　指をさがしてこい。犯人よりツメのはがれた指のほうがだいじなんだぞ……。』」

「十分とたたぬうちに、われわれは北京飯店にかけつけて、にえているなべをぶちまけ、メリケン粉のかんをひっくりかえし、できあがった肉まんじゅうをバラバラにした。台所じゅうをめちゃめちゃにしちまったのさ。それでも、問題の指はみつからなかったよ。」

「リーはもちろん、うっかりして指を切りおとしてしまったんだといいはったよ。あまりいたいので、きりおとした指がどこにころがったか、おぼえていないというのだ。」

「いま思いだしてもはらわたがにえくりかえるようだよ。おじさんが解決できなかった事件はこれひとつだけなんだからね。しかも、犯人を目の前にしてさ。わしは、いまでも、あの指がどうなったか、考えつかないんだ。」

「おや、正雄くん。話もいいが料理をおあがり。この骨つきのニワトリはおいしいぞ……。」

ぼくは、このとき指のゆくえに、はっと気がついた。

「おじさん。指をどこにかくしたか、わかりましたよ！おじさん、おじさん……。」

しかし老警部はへんじもわすれて、ひたとみつめていた。料理をとりかえにきた横浜の中華料理屋の主人の手を……。

その右手の人さし指は根もとからぶっつりきれていた。

さて、諸君、指のゆくえは？　正雄くんは何といおうとしたのでしょう。

［答え］料理のなか

幽霊塔の謎？

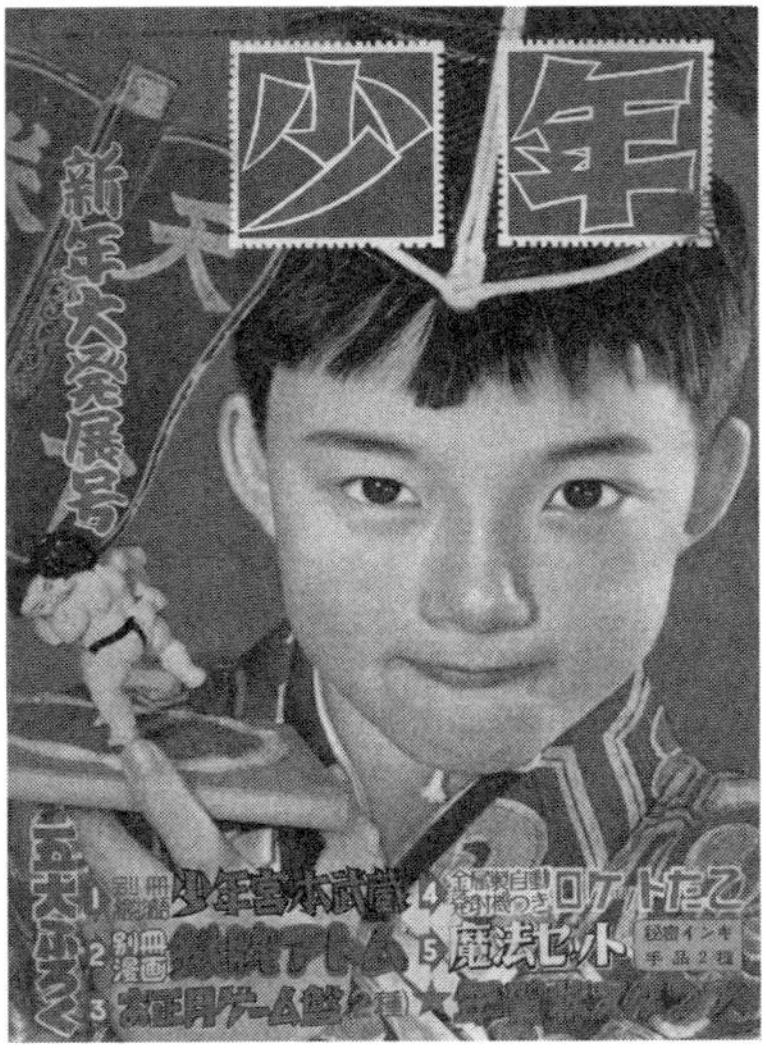

『少年』１９５５（昭和30）年１月号 出題編掲載
『少年』１９５５（昭和30）年４月号 解答掲載

アルセーヌ・ルパンを筆頭に、世の怪盗には美術品愛好家が多く、怪人四十面相（怪人二十面相）も古い仏像には目がないようだ。〈少年探偵シリーズ〉の第一作『怪人二十面相』で初登場した際にも、個人蔵の国宝級の観世音像を盗み出そうとする。くだんの仏像を運び出すことに成功したと思った矢先に、小林少年の奇策にまんまと裏をかかれてしまうから、本作でその小林少年をチンピラ探偵呼ばわりするのには、いささか負け惜しみが含まれているのかもしれない。

そういった意味では、本作は四十面相のリベンジマッチともいえる。だが、だてに名探偵の助手を何年もつとめてきたわけではない。小林少年は明智小五郎の力を借りることなしに、みごと四十面相の変装を見破ることで、怪盗に返りうちをくらわすのだ。（森）

さいきん、A村のりょうしのあいだに奇妙なうわさがたちはじめました。

「わしはゆうべも浅田のおやしきの上の空にあやしい光をみた。」

「いや、わしもみた。南の風がふく夜はきっと塔のあたりに人玉がとぶ。」

「きみがわるいなあ。なにかおそろしいことがおこらなければよいが。」

浅田のやしきというのは小学六年生の浅田朝夫くんのお家なのです。浅田くんのおとうさまはたいへんなお金持ちでこっとうずきなところから、A海岸のみさきに三階だてコンクリートの西洋館をつくり、あつめた美術品をまるで博物館のようにへやべやにかざりつけてあるのでした。

なかでもゆうめいな国宝の仏像を、赤いかわらの屋根のまんなかにつきでた高い塔の中におさめて、ぬすまれないようにけいかいしているということです。

　さて朝夫君のお家は、南むきの海岸のみさきの先にあり、東も西も、また南も海で、うらの北がわだけがひくい松林がはてしなくつづき、あたりには人家が一けんもないさびしいところなのです。
　そこへあやしい人玉がでるといううわさがたち、めいしんぶかい村の人びとはおそろしがって、だれもみさきにちかづかなくなりました。

　ある夜、ひとけのないくらい松林の中に、二つの小さな人かげが、じっと息をひそめていました。――

「小林くん、ぼくは人玉なんて信じないよ。きっと空とぶ円盤だよ。」

　朝夫くんの声です。

「シーッ、しずかに。人の声がすると、あやしい光はでないから――。」

　小林少年が朝夫くんの手を、しっかりにぎりました。

　そのときです。

「アッ、あれを見たまえ。」朝夫くんの声は、思わずふるえていました。

　どうでしょう。くろぐろとそびえる塔の上空から、ほたるのようなぶきみな青い光をはなつまるいかたまりが、音もなく流れるように松林の上を北の方へとんでゆくではありませんか。

ふたりは、セパードのようにかけだしましたが、すぐ松林にまよいこみ、あやしい光を見うしなってしまいました。

そのよく朝、朝夫くんのまくらもとに一枚の紙がおちていました。

> **朝夫くん、どんなにげんじゅうにけいかいしてもむだだよ。わたしはたったひとりで塔の中の仏像をぬすんでみせる。チンピラ探偵の小林なんかにわかるものか。**
>
> **四十面相より**

「やっぱり四十面相がねらっているんだ。小林くん。おとうさまが、アメリカへお仕事にいらっしゃっているるす中に、よわったね。」

「だいじょうぶ、ぼくたちできっと国宝を守ってみせるよ。こん夜から家の人がこうたいでねずの番をしよう。」

そこで小林少年はつぎのようなけいかいの計画をつくりました。

- **夜の10時から12時まで留じいや。**
- **夜中の12時から3時までが書生の市川。**
- **明け方の3時から朝6時までが運転手の村田。**

この三人がこうたいで塔の中で、ねないでけいかいし、三人のうちふたりと、小林少年、朝夫くんの合計四人が、塔の下の三階のへやにねて、夜は、ぜんぶの人が外にでないことにしたのです……。

さてけいかいの第一夜はぶじにすぎました。つぎの夜も、かわりありません。ところが三日めの朝。朝夫くんが塔のへやを見まわって、「アッ。」とさけびました。

「小林くん、たいへんだ。ガラスのケースの中の木ぼりの仏像はニセモノだ。いつのまにかすりかえられているよ。」

さすがに小林少年の顔色がさっとかわりましたが、すぐに塔のへやをくわしくしらべました。

「このへやのまどは、東西南北に一つずつあり内がわからあく。まどから地上におりることはできないし、仏像は木ぼりだから落とせばこわれてしまう。それに塔の下には足あともない。とすれば**犯人はみはりの三人のうちのだれかだ。**けれど三人とも、おりてきたときは、なにももっていなかったなあ。」

「おや、小林くん、ここにかざってあるギリシアのつぼに、へんなものがはいっているよ。」

「アッ、これは小型の水素発生機だ。そうだ、朝夫くん。四十面相は大きい風船に水素をつめ、仏像をつりさげてとばしたんだ。**だから三日間、海に落ちないように風のむきをえらんでいたんだ。**問題は風のむきだから、測候所に電話をかけてみよう。」

「モシモシ、測候所ですか？　ゆうべの風の記録をおしえてください。」

「ハイ、昨夜は、**よいのうち東の風ま夜中の一時から北の風にかわり、明け方の四時から南の風**となりました。」

「ありがとう。さあ朝夫くん、犯人はわかったよ。それからなぜ、青い人玉がとんだのかもわかったよ。あれはね、犯人が風船に夜光塗料をぬって、実けんしていたんだ。うまくとおくの松林にひっかかるようにすることと、村の人たちをこわがらせて近づけないために……四十面相が、みはりの三人のうち、だれに変装しているのか、朝夫くんにもわかったろう。さあ、にげださないうちにつかまえようね——。」

さあ犯人はだれでしょうか？

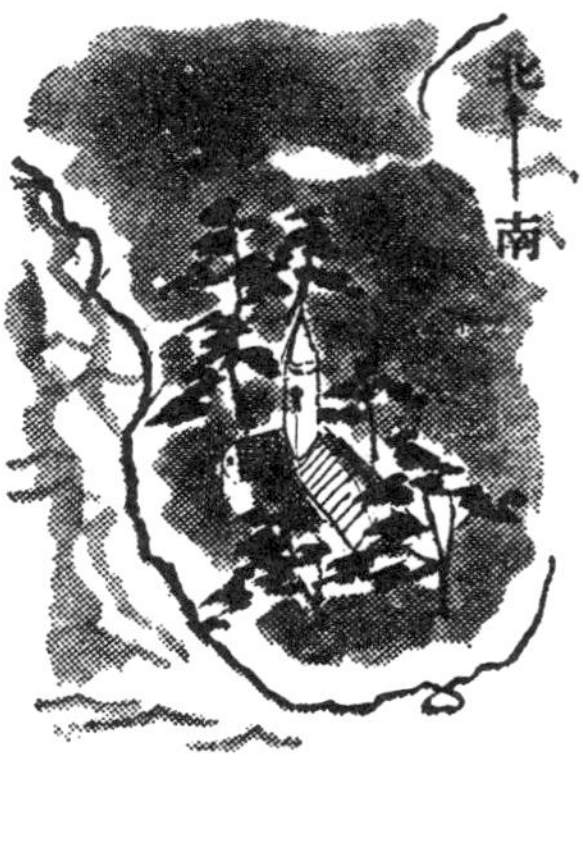

［答え］　犯人は運転手の村田。松林は北にあるので風船をとばして松林にひっかけるには南の風が必要だ。そこで、南の風が吹いたのは明け方の四時だ。だから、明け方の三時から六時までの番人の村田が風船をとばしたにちがいない。かれが犯人の四十面相です。

ノロちゃんと吸血鬼ドラキュラ

『少年』1957（昭和32）年1月号 出題編掲載
『少年』1957（昭和32）年4月号 解答掲載

情報の発達した現代ではさすがに無理だが、昭和二、三十年代のジュニア探偵小説のなかには、既存の作品のプロットやトリックを（おそらくは作者に無断で）借用したものも見られた（探偵漫画にもその手のものがある）。たとえば、島田一男はコナン・ドイルのホームズ物の長編『四つの署名』のプロットを借り、舞台を日本に移した、『怪奇の宝石』（のちに『小桜少年探偵団』と改題再刊）を、終戦直後に出している。

乱歩の〈少年探偵シリーズ〉でも、《少年クラブ》の増刊号に発表された「天空の魔人」が英国の有名短編のトリックを借用している。ただし、元ネタに比べて怪奇色や謎の深度が増しており、そのあたりは、乱歩の面目躍如たるものがある。

本編もまた、英国の短編のプロットを借りているが、いかんせん、元ネタがあまりにも有名すぎるので、真相は早い段階で見抜けてしまうだろう。（森）

ノロちゃんが、映画にでるというはなしは、冬休みになるまえから学校で、もうゆうめいなものでした。

「きみ、ぼく、こんど映画にでるんだよ。」

「おまけに、主役なんだぜ。」

「吸血鬼ドラキュラって題なんだよ。」

「ぼくが、そいつの正体をみやぶるんだ。」

「冬休みになったら、けいこにかようんだよ。うんと勉強しなくちゃいけないんだ。」

「うちの番頭さんが、少年俳優募集の新聞広告をみて、もうしこみをしてくれたんだよ。」

「おおぜい、試験うけたんだけど、パスしたのは、ぼくひとりなんだぜ。」

「おとうさんやおかあさん、お正月に九州からかえってきたら、おどろくだろうな。」

「新しくきたこの番頭、カメラきちがいだよ。ひまさえあれば地下室で現像やっているよ。」ちいさな鼻をピョコつかせて、だれかれのみさかいなく、しゃべりまくるのです。

よわむしのノロちゃんが、映画で、そんな役をやるなんて、なにかのまちがいだろう、なんて、さいしょは、ほんきにしていなかった井上くんも、大友くんも、冬休みになってから、ノロちゃんが、その映画のけいことやらに、毎日、せっせと、銀座の映画会社に、かよっているのをみると、これはほんとうのことなんだと、うらやましくなるのでした。

ドラキュラというのは、ノロちゃんの話だと、西洋の妖怪で、生きているふつうの人間のからだの中にもぐりこむのだそうです。そうすると、その人は空をとべるようになるのです。昼間はふつうの人とかわりませんが、夜中になるとムックリおきあがって、コウモリのようにとびまわり、よそのうちのまどからはいりこんで、ねている人の血をすうのだそうです。もぐりこんだ人間が死んでからも、その死体にすみつづけ、夜がくると墓をぬけだしては人の生血をすうのだそうです。

「映画のおわりはね。その墓をほりだすんだよ。そうするとね。まるで生きていたときとおんなじような、その女の人が、かんおけの中によこになっていたんだとさ。」

「ウワー、こわい。」クリスマスのばんに、井上くんの所へあそびにきたノロちゃんは、とくいになって、こんな話をしてくれました。

ところが、あと三つねたらお正月という十二月二十九日のひるまえ、ノロちゃんが、しょんぼり井上くんのところにやってきました。いつものとおり、けさ、銀座の映画会社にいったら、その映画会社がつぶれていたというのです。

凸凹プロダクションはかいさんしました

へやの入り口のドアに、はりがみがしてあって、だれもいないというのです。

「ぼく、だまされていたんだよ。ビルの事務所できいたら、凸凹プロダクションなんてきいたこともないっていうんだもの。けいこもなにもしなかったしな。一日じゅうすわって、本よんでいるだけなんだ。ドラキュラの話をきかされただけなんだよ。」

「ふーん、しかし、いたずらにしては、すこし、ねんがいりすぎているねえ。小林団長にはなしてみようや。」

少年探偵団の団長、われらの小林くんは、この話をきいてこういいました。

「ノロちゃんのおとうさん、おかあさんは一月《ひとつき》くらいまえから、九州にいっていらっしゃる。冬休みになれば、ノロちゃんが、うちにいるわけだが、映画会社にけいこにでかければ、あと、るすばんは番頭さんだけだ。その番頭さんが、ノロちゃんに映画にでるようにすすめたと。ノロちゃん、その番頭さん、きみのしんるい?」

「いや、月給半分でいいからって、おとうさんにたのみにきたんだって。そしたら、とてもよくはたらくので、おとうさん、よろこんでたよ。」

「フーン。ちょっとまっててくれたまえ。」

ノロちゃんのうちは、うら通りの三げんめ。ぐるりとまわると、せなかあわせのおもて通りの三げんめは……銀行でした。小林くんは、それをみきわめると、ノロちゃんのうちのまえまでやってきて、かかとで地面をドンドンとたたきました。そして、げんかんのべ

ルをならしました。しばらくして、目のするどい男がでてきました。

「あの、ここ、何番地でしょうか?」

「一五六番地だよ。」番頭は、早口でこたえると、ドアをバタンとしめてしまいました。

「そうだ、こんばんだ!」小林くんは、うなずくと、警察にかけこみました。

十二月二十九日のま夜中、ノロちゃんのうちの地下室からほったトンネルをとおって、銀行にしのびこもうとした、ふたり組の金庫やぶりがつかまりました。ひとりは、凸凹映画プロダクションの男、ひとりは番頭です。ノロちゃんのおとうさん、おかあさんのるすに、写真をやるんだといって、地下室にもぐりこみ、トンネルをほっていた番頭が、ノロちゃんが冬休みになって、うちにいられるとこまるので、仲間とそうだんして、ノロちゃんをだましたのでした。

小林くんが、こんばんだといったのは、ノロちゃんを、もう、映画のけいこにかよわせなくてもよくなったんだから、もうトンネルができあがったのだとかんがえたのです。


「小林くん、それにしても、どうしてうちの番頭、いや、金庫やぶりに、番地なんか聞いたの? 顔をみるため?」

「いや、トンネルをほっていることをたしかめるためさ。番頭の□□ンの□ざに□ろがついていたよ。」この□は何という字ですか?

［答え］ 番頭のズボンのひざにどろがついていたよ

心霊術の謎

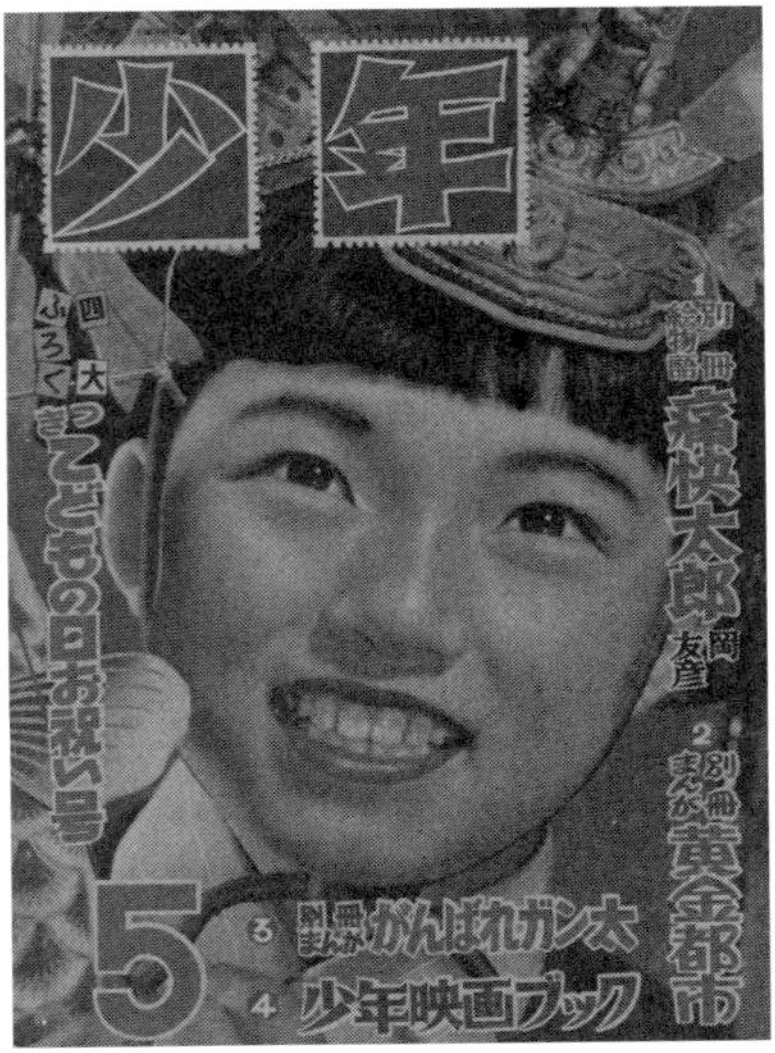

『少年』1955（昭和30）年5月号 出題編掲載
『少年』1955（昭和30）年8月号 解答掲載

子どもたちがオカルト的なものや怪異現象に惹かれるのは、いまも昔も変わりないようだ。〈密室のマエストロ〉と賞賛された米作家ジョン・ディクスン・カーの例を見てもわかるように、こうしたものと探偵小説とは昔から相性がいい。心霊術の場合には、そのさなかに事件が起きるのがおきまりのパターンで、不可能犯罪と結びついたものも多い。残念ながら本編は不可能犯罪物ではないが、表題の文字からして怪しげなムードが横溢しており、ゾクゾクさせられる。

それにしても、あの小林少年に、よもや大金持のおばさんがいようとは！

このおばさんや明智小五郎に加えて、乱歩ファンにはおなじみの中村警部も顔を見せるなど、サービス精神満点の仕上がりで、犯人特定の決め手となるものも、気が利いている。（森）

心《しん》霊《れい》術《じゅつ》の謎《なぞ》
江戸川乱歩先生の犯人さがし大懸賞
まっくらな夜でした
森の中の古い西洋館——
黒川博士の屋敷の二階で
その心霊術は
行われることに
なりました……
小林少年—おなじみの明智名探偵の助手。少年探偵団の団長。
小林夫人—小林君のおばさん。大金持ち。死んだおじさんの魂を黒川博士によび出してもらおうとする。
黒川博士—死人の魂をよび出せるという白髪の心霊術師。
大友氏—黒川博士のことを小林夫人に知らせた人。チビ。
島田運転手—小林夫人に古くからやとわれている。デブ。

1

「死んだ方の、かたみの品を、この夜光の皿の上にのせてください。」黒川博士はしゃがれ声でいいました。小林夫人は、そっとダイヤのくびかざりをテーブルの上の皿にのせました。テーブルをかこんだ、ほかの三人——大友氏、小林少年、島田運転手はみうごきもしません。どこからか風がふいてきてローソクが消え、部屋はまっくらになりました。あやしい太鼓の音がきこえてきます。とつぜん、青い火の玉が頭の上をとびまわりはじめ、それにつれて、夜光の皿も、ぐるぐると部屋の中

をとびまわります。

十分くらいたつと、太鼓の音が急に大きくなり、黒川博士のうしろあたりから、青白い、老人の影が、ボーッとあらわれはじめました。「アッ！」小林少年が、思わずおばさんの手をしっかりとにぎりしめました。

「まあ、あなた！」おばさんが、さけんで、かけよろうとした、そのときです。「ワッハッハハハ。」という笑い声がひびき、部屋がパッと明かるくなりました。ドアがひらいてピストルをもったふたりの男が部屋にはいってきたのです。「だれだ！　心霊術のじゃま

をするやつは。」博士がおそろしい声でさけびました。

「アッ、明智先生と中村警部さん。」小林少年はやっとわれにかえりました。「ハッハハハハ……さっきかかってきた小林くんの電話のとおりだね。みなさん。この心霊術はインチキ手品ですよ。風は電気じかけ、太鼓はテープレコーダー、それにゆうれいはあやつり人形。人玉と皿は、博士がくらやみの中でふりまわしていたんです。そして、みんながどぎもをぬかれているそのすきに、くらやみにまぎれて、ダイヤの首

かざりをガラス玉とすりかえました。オイ、ダイヤをどこへかくしたんだ?」「知るもんか、ほしけりゃ、さがしてみろ。」博士は、にくにくしげに答えました。
警部が、部屋の中をくわしくしらべましたがどこにもありません。博士のからだをしらべてもでてきません。「ぼくたちはろうかにいたが、だれも部屋から出たものはいない。とすると……」明智探偵は窓をあけて外をながめました。「窓にドロがついている。つたの枝がハシゴのようになっている。おや、庭のまん中に土人の像がおいてあるな。小林君、ここからおりて、あのへんをさがしてみたまえ。」「ハイ。」枯れたつたの枝をするするとつたわって、小林少年は庭におり、土人の像の口の中から、ダイヤをみつけだしました。

「こんどは中村君、きみもこの窓から庭におりてみてください。」ふとった警部はそろそろと用心しながらおりましたが、まもなくボキンと枝が折れてしまい、

警部はどしんと庭におちてしまいました。

「中村君、ご苦労でした。おかげで犯人がわかりましたよ。」明智探偵はニコニコ笑っています――**さてみなさん、博士は手品をやっていましたから、庭におりるひまはありません。とすれば、だれか博士の助手の悪人が、このダイヤをぬすんで部屋をそっとぬけ出し、庭の土人の像の中にかくしたことになりますね。**

いったい、もうひとりの犯人はだれでしょうか？

［答え］犯人は大友氏。島田運転手はデブなので中村警部とおなじように枝が折れてしまうでしょう。そうすると、枯れたつたの枝をつたわって庭におり、土人の像の中にダイヤをかくせる人は、チビの大友氏しかいません。

第2部　異色作品集

荒野の強盗団

挿絵　岩井泰三

『少年』1955（昭和30）年2月号 出題編掲載
『少年』1955（昭和30）年5月号 解答掲載

終戦後、GHQから禁じられたチャンバラに代わってブームとなったのが、アメリカから続々と輸入された西部劇映画だった。子どもたちのあいだでも山川惣治の『荒野の少年』、小松崎茂の『大平原児』、手塚治虫の『拳銃天使』『サボテン君』といったカウボーイものの絵物語や漫画が人気を呼び、昭和三十年代になってもそのブームは衰えを知らなかった。

そんなわけで本シリーズでも、西部劇をモチーフにした推理クイズがときおり（といっても二回だけだが）掲載されることがあった。当然、明智小五郎や少年探偵団が活躍する余地はなく、西部の役人クーパーと少年ジョーというオリジナルキャラが探偵役として登場する。（野村）

強《ごう》盗《とう》団《だん》

まっかな太陽が、アリゾナの大平原のはてにいま、しずもうとしています。その太陽にむかって一だいの駅馬車が全速力で走っています。六頭の馬は白いあわをふき、全身から汗をながしています。

ピシリ！　ピシリ！　ぎょ者のムチがなります。馬車の中では、ジョー少年が、

「ねえ、おねえさま。おとうさまが待っていらっしゃるシルバー・タウンという町はまだ遠いんですか？」

とたずねました。「そうですね、あと一時間はかかるでしょう。日がくれると、ちょうど町にはいるはずです。」と、美しいおねえさまがこたえました。

そのとき、パーンと銃声がひびきました。

と、みると、大きな岩のうしろから、六人の馬にのった男がとびだし、駅馬車の前にたちふさがりました。

②

「ヤッ、出たな。強盗だ。」とさけんで、ぎょ者が鉄砲をかまえようとしますと、ピューンと第二のたまが、みごとにその鉄砲をうちおとしました。

賊のかしらは、なかなかピストルがうまいのです。

「よせ、ぎょ者。この馬車には女の人がのっている。うちあいになってけがをしたらたいへんだ。賊は、馬車につんである銀行の金がめあてなんだ。」と、ぎょ者のとなりにのっていた新しい役人のクーパーが、馬車を止めました。六人の賊は、いずれもスカーフ（首まきの布）で、ふく面をしており、手に手にピストルをかまえています。そして、駅馬車につんであった銀行の金をうばおうと、黄色いスカーフで顔をかくした賊のかしらはしゃがれた作り声で、「おまえが、新しい役人か。おくびょうだな、そんな腕ではシルバー・タウンでは笑い者になるぞ。」と、にくにくしい笑い声をのこし、砂けむりをたてて西の方へたちさりました。

3

夜にはいって、駅馬車は、シルバー・タウンにつきました。馬車からおりたクーパーは、「ジョー、おいで。さっきの賊のかしらは、きっとこの町にかくれている。きみもあの男のとくちょうをよくみたから、ふたりでいっしょにさがそう。」

「ええ、あの黄色いスカーフはおぼえていますとも。」

ジョーはよろこんでクーパーにつづきました。「あの男は、ピストルの名人だ。だが、ぼくもこんどはまけないぞ。銀行の金をとりかえすのだ。」

ふたりはまず、町はずれの**かじ屋のマックス**の店にはいりました。

「おやじさん。この町で、ピストルのじょうずな男はだれですか？」と、クーパーはたずねました。

「この町は、らんぼう者ぞろいのおそろしいところだが。ハッハハハ、まず一番の名人はこのわしかな。」

とゆかいそうに笑います。

「え？」ジョー少年は、マックスの首に黄色いスカーフがまいてあるのでびっくりしました。

「ハッハハハ。ではおやじさんのつぎは？」

クーパーはへい気でたずねます。

「**牧場の主人アレン**。それから**酒場の主人ビル**も名人だ。しかし気をつけるがいい。みんならんぼうな男だからな。」

4

牧場の主人アレンは、若いおしゃれな男で、ちょうど鏡にむかってひげをそっていました。

「なんか用ですか、お役人。」

「きみは、夕方どこにいたね。」と、クーパーはたずねました。

「どろぼうとまちがえないでください。わたしは、牧場で馬を追っていましたからね。」

アレンはひげをそり終ると黄色いスカーフで顔をふいています。

「これから酒場へ行きます。新しいお役人、ごいっしょにどうですか？」

アレンは、ニヤニヤわらっています。


酒場では、かじ屋のマックスも酒をのんでいました。クーパーは**酒場の主人ビル**に、のみ物を注文しました。

「新しいお役人。さっそく強盗にやられたそうですね。しっかりたのみますよ。」ビルは一ぱいの酒を出しました。クーパーは、だまって一口のむと、「ペッー、まずい酒だ。」と、はき出しました。

「なに？」ビルはまっかな顔をして、静かに黄色いスカーフで、顔にかかった酒をぬぐうと、ガッと大きなこぶしで、クーパーのあごをつきあげました。

「やっ！」クーパーの左の腕か、みごとにビルのこぶしをそらすとすっと立ちあがり、「うごくな！」と、さけびました。クーパーの右手には、すでにピストルがにぎられているのです。

「駅馬車をおそった強盗団のかしらが、この中にいる。しょうこはこの少年も知っている。いいかいジョー。ピストルをうつにもつちをたたくにも、ひげそりをするにも、それから人をなぐるにも**人は一番よくきく手をつかう**ものなんだよ。」「クーパーさん。わかりましたよ。犯人はあいつです。」ジョー少年は叫びました。犯人はだれでしょう。

［答え］犯人はアレン。賊のかしらは左ききである。アレンはピストルの上手な男だし、黄色いスカーフをつけ、左手でひげをそっていた。

にせインディアン

挿絵　高荷義之

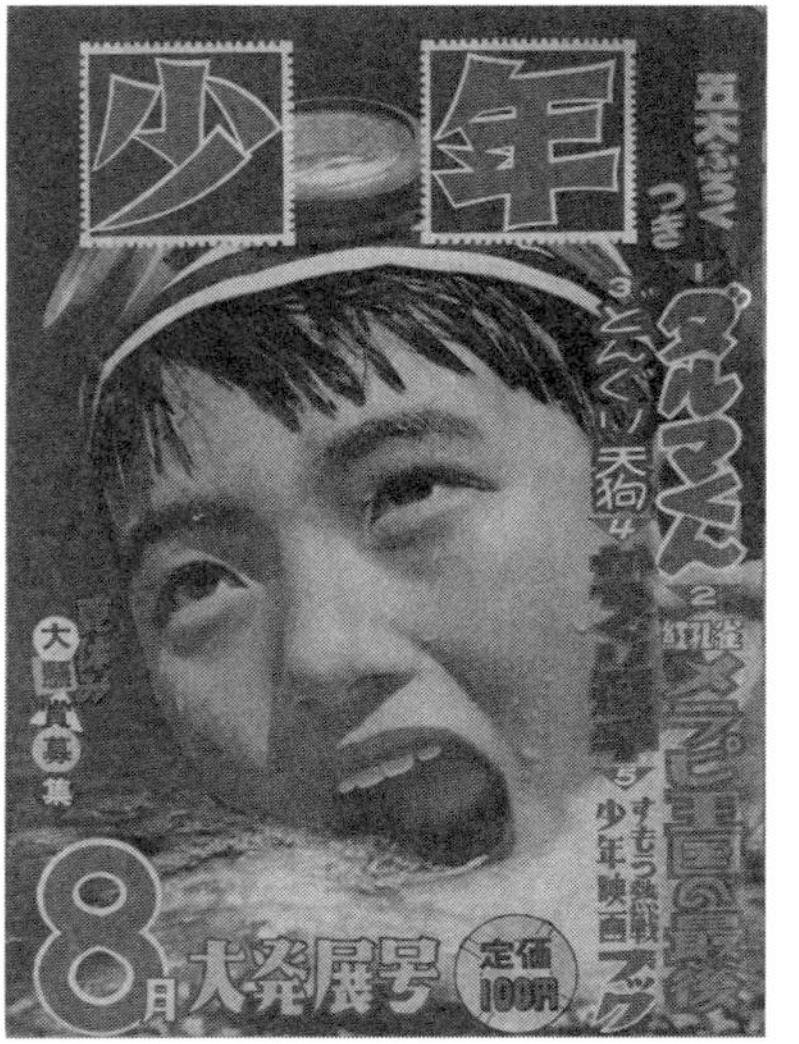

『少年』1955（昭和30）年8月号 出題編掲載
『少年』1955（昭和30）年11月号 解答掲載

クーパー＆ジョーが怪事件の謎に挑むウエスタンものの第二弾。インディアンに変装して砂金を強奪した大男はいったい何者なのか？　町に駆けつけたクーパーとジョー少年はさっそく容疑者たちへの聞き込みを開始する。

挿絵がメインといってもいい絵物語で、クイズになっている犯人当て自体は素直に考えれば簡単に解けるだろう。しかし、容疑者の一人フィルが「左ゆびにひどいきずをしていました」と書かれているにもかかわらず、挿絵では右指に包帯が巻かれているという重大なミスがある。そこに意味があるのでは、と勘ぐってしまうと正解にはたどりつけないので要注意。（野村）

にせインディアン

「やれやれ、あと一つ峠をこすと町だよ。」**ニック**は愛馬のくびすじをたたいていいました。もう夕方です。そのとき、ピューンと、ニックの肩さきに矢がとんできました。岩かげから黒い影のようなインディアンがとびだし、こん棒でいきなりニックをなぐりつけました。ニックは気を失ってしまいました。

ニックはアリゾナでみつけた砂金を、大きな皮袋につめ、ふるさとに帰る途中だったのです……「おじさん、だいじょうぶですか。」**ジョー少年**の声に、ニックは息をふきかえしました。役人の**クーパー**もいっしょにいます。

その夜、町にかけつけた三人は

町いちばんののっぽ、**ホテルの主人のダン**は、クーパーをみると、さっと顔色をかえました。

「ダン、きみは夕方、どこにいた?」

「町で買物をしていましたよ。」

「おや、その腕は、どうした?」

「ゆうべ、牛かいのフィルとけんかしましてね。」くびからつった腕をちらりと見て、ダンはまだくやしそうです。

「この町で大男といえば、だれだれかね。」

「フィルも大男、酒場のビルものっぽですぜ。」

フィルも雲つくばかりの大男、ダンにかみつかれて左ゆびに、ひどいきずをしていました。

「ときにフィル、きょうの夕方はどこにいた?」

「牛を追って、山を走っていましたよ。」

「フィル。ビルの店までいっしょに来てくれ。」

8

酒場の主人ビ**ル**は、ちょうどい、ふろで、ゴシゴシからだをあらっていましたが……

9

「ビル。ゆうべダンとフィルは、ここでひどいけんかをしたそうだね。」

「ええ、私がとめなければ、たいへんなところでしたよ。」といったビルも、一メートル八十センチはたっぷりある大男です。「そうだ、ビル。きみは、きょうの夕方、どこにいたかね。」

「わたしですか？　さてと。二階でねていましたよ。」

そのとき、店にダンがはいってきました。クーパーがよんでおいたのです。とたんに、またもダンとフィルはかくとうをはじめました。

「やめろ！　ダンとフィル。」

クーパーは、ピストルをぬいて、三人の大男のまえに立ちました。

「ぼくは、二人のけんかをしらべているんじゃない。さっき峠で、ニックが強盗におそわれた。インディアンに変装した背の高い男が犯人なんだ。さあジョー、この三人の大男の中に犯人がいる。どうだ、だれが犯人かわかったろう。犯人が弓のうまいこともわすれてはいけない。」

「わかりました。クーパーさん。」ジョーがさけびました。

さあ、犯人はだれでしょう？　そして、そのわけは？

［答え］犯人は酒場の主人ビルです。ビルはインディアンに変装して、砂金をうばい風呂で色をおとしていたのです。ほかのふたりは、前の日けんかをして腕や指にけがをしているので、弓を射ることはできませんね。

黄金の大黒さま

挿絵　岩井泰三

『少年』1955（昭和30）年3月号 出題編掲載
『少年』1955（昭和30）年6月号 解答掲載

捕物作家クラブに所属し、長編『修羅櫻』（《週刊実話》に連載後、桃源社で単行本化。未復刻）や連作「大江戸怪物団」（《面白倶楽部》増刊号に一挙掲載。乱歩は書き出しの部分を担当。春陽文庫『女妖』、江戸川乱歩推理文庫『畸形の天女』、光文社文庫《江戸川乱歩全集》第十九巻『十字路』に再録）といった時代小説をほかの作家たちと合作もしている乱歩だが、意外なことに、単独では大人向けの時代物を手がけていない。戦時下、探偵小説の創作が次第に困難になっていった探偵作家たちは捕物帳の分野に進出していったが、創作意欲がかき立てられなかったのか、戦前の乱歩は頑として時代物に手を染めようとしなかった。

数ある時代小説のジャンルのなかでも、探偵小説の親戚ともいうべきなのが捕物帳。岡っ引きの親分と子分のコンビは、ホームズと相棒ワトスンの図式を流用したものといえなくもない。本編の場合は、捕物名人と謳われる尾張屋仁吉と「早耳の三吉」なるあだ名のそば屋の小僧が名コンビを組み、密室の謎をめぐって、意外な真相にたどりつく。（森）

さま

あたたかい春の朝です
江戸いちばんの捕物の名人、尾張屋仁吉の家の戸が、がらりとあきました。

「だれだい。」

「へい、三吉です。」

　答えたのは、元気のいい少年の声です。**三吉は、そば屋の小僧さん**ですが、捕物が大すきで、町のうわさ話をだれよりもはやく仁吉にしらせるので「早耳の三吉」というあだ名をもらっている少年です。

「三吉か――おはいり。いま、おとなりからおいしい白酒をいただいたところだ。のまないか？」

「あれ、親分。その白酒でおもしろい話を聞いてきたんです。ゆうべ、ひとばんのうちに金の大黒さまが、白酒をのんで、木の大黒さまにばけてしまったんですって。いま大さわぎしていますよ。」

「なんだかおもしろそうな話だ。はじめから、おちついて話してごらん」

黄金《おうごん》の大黒《だいこく》

「親分は、日本橋の大黒屋というごふく屋をごぞんじでしょう。」

「有名な店だ。知っているよ。」

「その大黒屋には、金の大黒さまが守り神として代々つたわっているんです。」

きのう、三月三日の桃の節句にはこの身のたけ五センチくらいの大黒さまを店にかざり、**獅子舞い**や**鳥追い女**、**サルまわし**など芸人をよびよせ、お祭りをして、一日中たのしくあそびました。そして夜は、大黒様は、土蔵の奥の神だなにお祭りをしてねました。ところが、けさになって、大黒さまをキリの箱におさめようと、土蔵の中にはいってみると、なんと金の大黒さまが木ぼりのそまつな大黒さまにばけ、白酒のびんがからっぽになっていたというのです。

「ところで親分、大黒屋では代々、店がさかえるときは、金の大黒さまがふとってゆき、店がおとろえるときは木の大黒さまにばけてしまうといういいつたえがあるんです。**主人の藤兵衛**は、すっかりひかんしてねこんでしまったということですよ。」

「そんないいつたえは、うそっぱちだよ。金の大黒さまはぬすまれたにきまっている。これから大黒屋へいってしらべてみよう。三吉、いっしょにおいで。」

仁吉は、朱ぶさの十手をこしにさして立ちあがりました。

大黒屋藤兵衛は、仁吉の顔をみると大黒さまのような顔をして大喜び。

仁吉は、まず土蔵の入口をしらべました。重いひき戸があり、ゆうべは**番頭の忠太**がしっかり錠をおろしたということです。子どもの時から大黒屋に奉公している、この忠太がぬすんだとは、とても思えません。

ごふく物がぎっしりつまった土蔵のいちばん奥に神だながつくられ、ローソクの光がかすかにあたりをてらしています。神だなの上の壁には、たった一つ**空気ぬきの小さい窓**があって、外の光が流れこんでいますが鉄のこうしがはまっていて、人間の頭もさしこめないくらいです。天井も床も注意ぶかくしらべましたが、ぬけ穴もありません。

「木ぼりの大黒さまは、この神だなにおいてあったのかい。」仁吉は番頭の忠太にたずねました。

「いいえ。**床の上にころがっていましたよ。**」忠太は、そまつな五センチくらいの大黒さまをさしだしました。

「おや、この大黒さまの打出の小づちは、かけてるね。**ま**

るでなげこんだようだ。そのほか、なにか、かわったことはなかったかい。」

「はい、おそなえの**白酒のびんがからっぽ**になっていましたし、それから**ほしがきが一つなくなっていましたが**……」

「おかしいねえ。」ニコリと笑った仁吉は、土蔵を出ると、ぐるりと裏にまわってはしごをかけさせ、目をさらのようにして空気ぬきの小窓をしらべています。

「あっ、あった、あった……」なにやらだいじそうにつまみあげた仁吉は、ニコニコしてはしごからおりてきました。仁吉のゆび先には**白い毛**が光っています。

それから、また、裏木戸のところで仁吉は、なにかをひろいあげました。

「親分、それはなんですか?」

「ハハハハ……**かきの種**さ。犯人はわかったよ。**おとぎ話**にもあるから、三吉にだってわかるだろう。」

「あ、そうか。わかりましたよ、親分。」ふたりは声をそろえて、わらいました。

さあ、みなさん、犯人はだれでしょう? また犯人は、どんな方法で金の大黒さまをぬすんだのでしょうか?

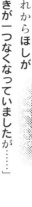

［答え］ 犯人はサルまわし

サルまわしがサルを空気ぬきの穴から入れて金の大黒さまをとらし、かわりに木ぼりの大黒さまを中になげこんだ。サルは中にはいって白酒をのみ、ほしがきをたべ、種は木戸の所にすてた。窓にあった毛はサルの毛です。

天狗の足あと

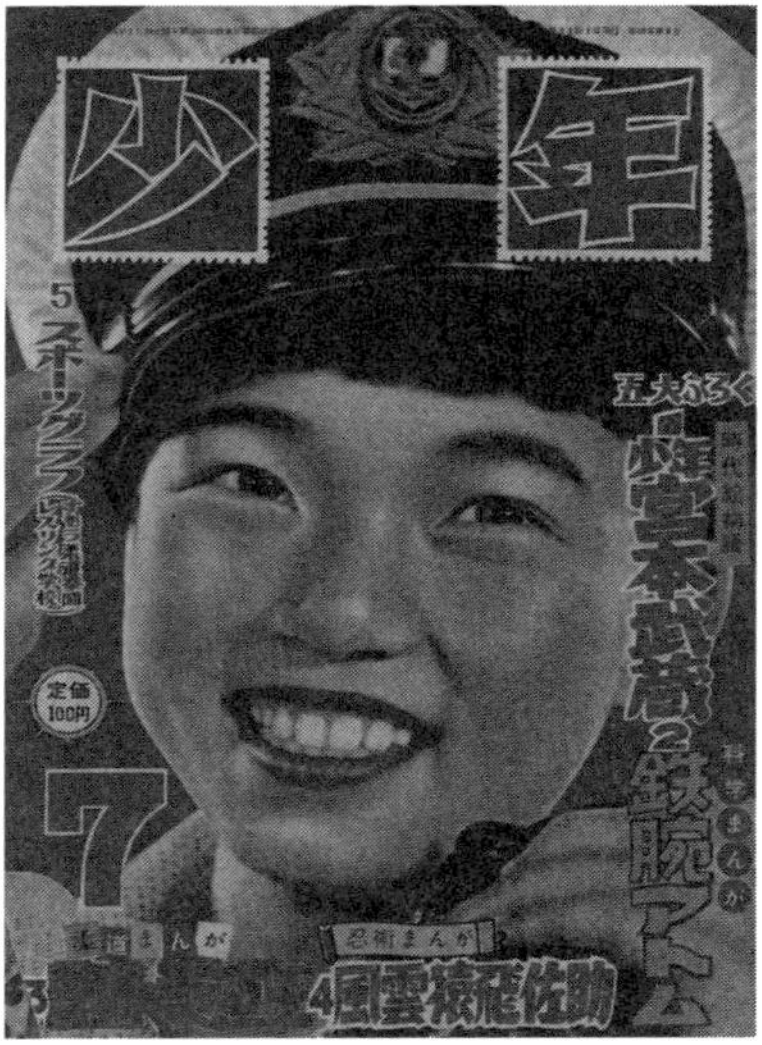

『少年』1955(昭和30)年7月号 出題編掲載
『少年』1955(昭和30)年10月号 解答掲載

「黄金の大黒さま」に続き、捕物名人の尾張屋仁吉と大の捕物好きのそば屋の小僧「早耳の三吉」のコンビが登場。ただし、三吉のほうは「子分」へと格上げになっている。あまりに捕物好きなのが嵩じて、そば屋を辞め、お上のご用をつとめるようになったのだろうか?

事件の謎を解く手がかりはきわめてわかりやすいうえに、あまりにもあからさまに提示されるので、当時もいまも、ほとんどの読者に犯人の見当がついたはず。実際に寄せられた解答の数もすさまじいものだったらしく、乱歩のもと(編集部?)には一万枚以上の葉書が届き、あまり反響の大きさに、うれしい悲鳴をあげたとか。(森)

天狗《てんぐ》の足《あし》あと

①「ねえ、仁吉親分。やっぱり天狗さまというものはいるんですね。顔のまっかな鼻がおそろしく高い化物なんですって」

子分の早耳の三吉がたずねました。

「三吉。おまえ、天狗にあったのかい。」

江戸いちばんの捕り物の名人、尾張屋仁吉は笑いながらたずねます。

「いいえ、大阪屋の主人の**吉兵衛**さんがゆうべ、天狗さまにあって、さらった子どもをかえしてくださいと、たのんだそうです。」

「ほほう、なんだかおもしろそうな話だな。はじめから話してごらん。」

②三吉の話によると両国の酒問屋、大阪屋のひとり息子で、今年二つになる**金助**という坊やが、三日まえ、とつぜんいなくなったというのです。江戸時代のことですから、人さらいにつれてゆかれたか、神かくしにあったのかと、家の人は、まっ青になって心配していますと、きのうになって、左の絵のような一通の手紙が大阪屋にまいこみました。

③おどろいた吉兵衛は、ま夜中になると、百両のお金をもって、ひとりで荒れはてた白光寺にでかけてゆきました。これをみた、出入りの**大工の留吉**と、**番頭の忠三**が、心配のあまりそっと、そのあとをつけてゆき

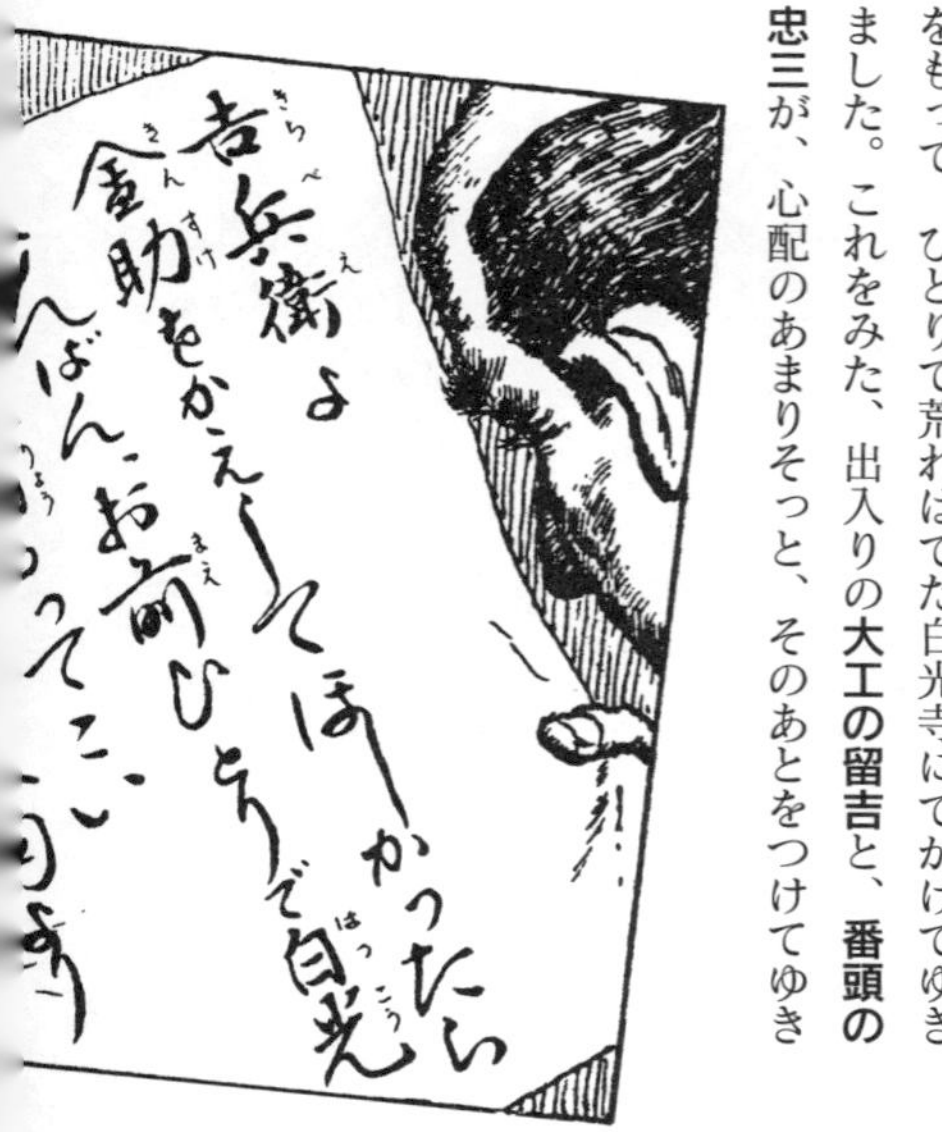

ました。

　雨がしとしとふるまっくらな晩でした。吉兵衛がちょうちんをつけて、山門の下で待っていますと、風が出てきて、寺の境内の大木がざわざわと鳴りはじめます。留吉と忠三は寺の土べいに別々にかくれました。

④とつぜん、吉兵衛の目の前に、一丈（三メートル）もあるような大きな人かげがあらわれました。吉兵衛がちょうちんの火でてらしますと、絵にかいたような赤い顔の天狗が、ギラギラ光る目でにらみつけているので、あまりの恐ろしさに「キャーッ。」と、吉兵衛は気絶してしまったのです。しばらくたって、留吉と忠三が、吉兵衛をたすけおこしたときには、百両のお金はなくなっていたそうです。

⑤「それで親分、ふしぎなことに、そのあたりには足あとがまったくなく、まるい小さな穴がポツポツあいていただけなんですって。やっぱり天狗のしわざですかね。」
「足あとがなくて、小さな穴が……ふーん。留吉と忠三は大きな男かい。」

「いいえ、ふたりとも小男ですよ。」

「金坊は帰ってきたか。」

「まだです。」
「よし、わかった。悪いやつがいるものだ。おれがしらべてやる。」仁吉は十手をこしに、たちあがりました。

⑥仁吉と三吉がちょうど、両国橋にさしかかると、橋の上は黒山のような人だかりです。みると隅田川の上に、小船が一そう流れてきます。そのなかには、かわいい坊やがたったひとりでニコニコ笑ってのっているではありませんか。
「アッ、あれは大阪屋の金坊だ！」

三吉がさけびました。

仁吉もおどろいて、さっそく船を出して、ぶじに金助をたすけあげました。

⑦なにしろ金助は、まだ赤んぼうですから口がきけず、さらわれたことをしらべることもできないので、さすがの仁吉もこまり顔です。何か手がかりはないかと、金助のからだをしらべますとなんにも持ち物はありませんが、着物のあいだからパラパラと落ちてきたものがあります。

「おや、これはなんだろう。」仁吉は、それをつまみあげました。
「かんなくずですね、親分。」

⑧「ふーん。どうやら犯人がわかったよ、三吉。天狗なんか、やっぱりいない。犯人は竹馬にのって天狗の面をかぶっていたのさ。だから一丈の大男にみえたし足あとがなく、竹馬のあとがついていた。」
「では犯人は?」

「犯人は、そっと金坊をさらって家にかくしておいた。ところが、その家の中にはカンナくずがいっぱい落ちていたんだよ。」

「わかった、親分。さあ大黒屋にゆきましょう。」

さあ、犯人はだれでしょう?

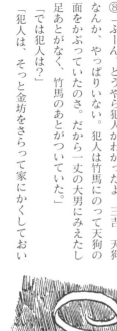

［答え］犯人は大工の留吉です。金坊のからだについていたかんなくずが何よりのしょうこですね。

解説　雑誌《少年》と江戸川乱歩

野村宏平

筆者が物心ついた昭和三十年代後半、新刊書店の店頭で燦然と輝きを放っていたのが少年月刊誌だった。漫画ばかりではなく、小説、絵物語、実話読物、スポーツ・趣味・雑学の記事を満載し、そのうえ、大量の付録を挟み込んだ分厚い月刊誌は、夢がぎっしり詰め込まれた宝箱のようで、表紙を眺めているだけでわくわくしたものだ。

《少年画報》《少年ブック》《ぼくら》《冒険王》……。少年月刊誌は各社から競って刊行されていたが、なかでも王者の風格を漂わせていたのが、光文社発行の《少年》だった。

終戦直後の昭和二十一年十一月に創刊された《少年》は当初は読物中心の少年雑誌だったが、やがて漫画にも力を入れるようになり、二十六年に手塚治虫の『アトム大使』、翌二十七年に『鉄腕アトム』、三十一年に横山光輝の『鉄人28号』の連載を開始し、不動の地位を確立していった。

その過程において無視できないのが、江戸川乱歩による〈少年探偵シリーズ〉〈少年探偵団シリーズ〉という呼称もあるが、シリーズ中には少年探偵団が活躍しない作品もあるため、ここでは〈少年探偵シリーズ〉と呼びたい）の存在だ。筆者が《少年》を読みはじめたころには、乱歩はすでに作家活動を終えていたため、リアルタイムで作品に触れることはできなかったが、昭和二十四年から三十七年まで十四年間に渡って連載された〈少年探偵シリーズ〉は同誌の大きな目玉だった。小説にしろ漫画にしろ、そのジャンルにおける第一人者を執筆陣に起用したのが《少年》の強みであり、乱歩作品の連載がその売り上げとイメージアップに大いに貢献したことは間違いないだろう。

そもそも〈少年探偵シリーズ〉は昭和十一年、『怪人二十面相』を皮切りにスタートし、四作目の『大金塊』までは講談社発行の《少年倶楽部》に連載され、単行本も同社から発売されていた。しかし、戦争の影響で乱歩は創作の筆を絶ち、単行本もことごとく絶版になってしまう。戦後になってそれらを復刊したのが、講談社から分離独立した光文社だった。

その承諾を得るため、昭和二十二年の春、乱歩邸を訪れたのが、のちにカッパ・ブックスを成功させ、光文社の社長にも就任した神吉晴夫（当時は光文社重役）である。そのあたりの経緯は、乱歩自身が自伝『探偵小説四十年』の「昭和二十三・四年 光文社の神吉晴夫」の項で述べているので、引用しておこう。

そのころ講談社はまだ敗戦後の種々の困難から立ちなおっていなかった。大きな出版社は、まだどこも本当に仕事をしていなかった。その虚に乗じて、群小の個人出版社が続出し、売れそうな作家の旧作を奪い合って出版していた時代である。

光文社は、講談社出身の人々が別の社を作り、講談社では古顔だった茂木氏を社長として、出発したばかりであった。講談社から引きついだ「面白倶楽部」を看板雑誌にして、「少年」と「少女」を出していたが、どれも今ほどの部数ではなく、出版にもこれという特色はなかった。後年のベストセラー・メイカー神吉君も、大して自信を持っていたわけでもなく、小説類や学術書などを、あれこれと出版して、その日暮らしをしているにすぎなかった。

同君が私の少年ものにどうして目をつけたのか、そのへんの事情は忘れてしまったが、戦前の講談社ではよく売れていた本が戦後手をつけようともせず放置されているのを惜しいと思ったのかもしれない。講談社では当分出す気がないというので、それなら光文社で出そうという相談が纏ったらしいのである。

この申込みを受けた私は、むろん承諾した。講談社は当分動き出しそうもないのだから、その分身のような光文社から出してくれることには、少しも異論がなかった。そして最初出版されたのが「怪人二十面相」で、昭和二十二年六月であった。七月には「少年探偵団」、二十三年四月には「妖怪博士」と出版されたが、これがみなよく売れた。この売れ行きを見て、神吉君は「少年」の編集長に勧め、私の少年ものを同誌に連載することにしたのである。そうして執筆したのが「青銅の魔人」という人造人間のような怪物の出る探偵小説だったが、これがまた大いに好評を博し、連載が終るとすぐに本になって、これもよく売れた。そんなわけで、私の少年もの出版は、当時ベストセラーなど出していなかった光文社の小さなドル箱となったのである。

補足しておくと、『青銅の魔人』〈大人向け作品も含め、乱歩が戦後に手がけた最初の創作である〉の連載がスタートしたのは昭和二十四年一月号。乱歩自身述べているように、これが大人気を呼び、同年十二月号で完結すると、すぐ翌月からは『虎の牙』（予告時のタイトルは『巨人と怪人』）の連載が始まっている。以後、昭和三十七年の『超人ニコラ』まで、〈少年探偵シリーズ〉の新作は毎年一月号～十二月号というサイクルで同誌に連載されることとなった。

その間、乱歩は講談社の《少年クラブ》《少女クラブ》や学年誌、小学館の学年誌等でも〈少年探偵シリーズ〉をかけもちで連載することはあったが、十四年間に渡って途切れることなく連載を続けたのは《少年》だけであり、他誌の連載作品も完結後は光文社の〈少年探偵 江戸川乱歩全集〉に組み込まれて単行本化（ただし『鉄人Q』を除く学年誌連載作品と『電人M』以降の作品は当時は未刊）されたのだから、まさに《少年》こそが同シリーズのホームグラウンドだったといっていいだろう。

参考までに以下、〈少年探偵シリーズ〉の全リストを挙げておく。

・怪人二十面相《少年倶楽部》昭和十一年一月号～十二月号

・少年探偵団《少年倶楽部》昭和十二年一月号〜十二月号
・妖怪博士《少年倶楽部》昭和十三年一月号〜十二月号
・大金塊《少年倶楽部》昭和十四年一月号〜十五年二月号
・青銅の魔人《少年》昭和二十四年一月号〜十二月号
・虎の牙《少年》昭和二十五年一月号〜十二月号
・透明怪人《少年》昭和二十六年一月号〜十二月号
・怪奇四十面相《少年》昭和二十七年一月号〜十二月号
・宇宙怪人《少年》昭和二十八年一月号〜十二月号
・鉄塔の怪人《少年》昭和二十九年一月号〜十二月号
・海底の魔術師《少年》昭和三十年一月号〜十二月号
・灰色の巨人《少年クラブ》昭和三十年一月号〜十二月号
・探偵少年《読売新聞》昭和三十年九月十二日〜十二月二十九日
・魔法博士《少年》昭和三十一年一月号〜十二月号
・黄金豹《少年クラブ》昭和三十一年一月号〜十二月号
・天空の魔人《少年クラブ》昭和三十一年お正月まんが大増刊号
・妖人ゴング《少年》昭和三十二年一月号〜十二月号
・サーカスの怪人《少年クラブ》昭和三十二年一月号〜十二月号
・魔法人形《少女クラブ》昭和三十二年一月号〜十二月号
・まほうやしき《たのしい三年生》昭和三十二年一月号〜三月号
・赤いカブトムシ《たのしい三年生》昭和三十二年四月号〜三十三年三月号

・夜光人間《少年》昭和三十三年一月号～十二月号
・奇面城の秘密《少年クラブ》昭和三十三年一月号～十二月号
・塔上の奇術師《少女クラブ》昭和三十三年一月号～十二月号
・鉄人Q《小学四年生》昭和三十三年四月号～《小学五年生》三十五年三月号
・ふしぎな人《たのしい二年生》昭和三十三年八月号～《たのしい三年生》三十四年十二月号　※《たのしい三年生》では「名たんていと二十めんそう」と改題
・仮面の恐怖王《少年》昭和三十四年一月号～十二月号
・かいじん二十めんそう《たのしい二年生》昭和三十四年十月号～三十五年三月号
・かいじん二十めんそう（右記同題作品とは別作品）《たのしい一年生》昭和三十四年十一月号～《たのしい二年生》三十五年十二月号
・電人M《少年》昭和三十五年一月号～十二月号
・おれは二十面相だ!!《小学六年生》昭和三十五年四月号～三十六年三月号
・怪人と少年探偵《こども家の光》昭和三十五年九月号～三十六年九月号
・妖星人R《少年》昭和三十六年一月号～十二月号
・超人ニコラ《少年》昭和三十七年一月号～十二月号

昭和三十年から三十五年にかけもち連載が集中しているが、少年探偵団ブームがピークを迎えたのが、この時期といっていい。そしてそのブームをいっそう盛り上げたのが、三十年四月から大阪のＡＢＣ朝日放送で放送されたラジオドラマ『連続ラジオ小説 少年探偵団』だった。

「♪ぼ、ぼ、ぼくらは少年探偵団」のフレーズで知られる有名な主題歌が初めて使われたのがこのドラマであり、同年六月からは東京のニッポン放送で再放送され、さらに三十一年四月からは新作を加えた『連続放送劇 少年探偵団』が始まっている。三十二年末まで続いたこの番組は土日を除く毎夕六時十五分〜三十分に放送され、当時の子どもたちは胸をときめかせながらこれを聴くのを日課にしていたという。

わずか十五分間のラジオ番組といっても、テレビはまだ一般には普及しておらず、ラジオがお茶の間の主役だった時代である。しかもメインとなるターゲットは絶対数が圧倒的に多い団塊の世代。正式な記録が残っているわけではないが、聴取率は相当高かったのではないだろうか。

また、同時期には少年探偵団の映画が東映で次々と製作されたし、三十三年から三十五年には日本テレビ系列で『怪人二十面相』、三十四年には中部日本放送で『大金塊』といったテレビドラマも放映されている。まさに当時の日本、巷には少年探偵団があふれかえっていたわけだ。

といっても、いきなりブームが始まったわけではない。乱歩作品を原作とした絵物語や漫画は昭和二十年代からすでに多数発表されていたし、『黄金仮面』や『人間豹』などの大人向け通俗長編を少年向きにリライトした単行本もポプラ社から刊行されるようになっていた。昭和二十七年から二十八年にかけては、文京出版発行の月刊誌《少年少女譚海》で「江戸川乱歩先生出題の犯人当大懸賞」（見開き二ページ、小説形式の推理クイズ）も連載されている。

出版媒体以外でも、昭和二十七年には朝日放送で『江戸川乱歩集 青銅の魔人』、二十九年にはラジオ東京で『児童劇 少年探偵団』がラジオドラマとして放送され、同年末から三十年一月にかけては松竹映画『怪人二十面相』（三部作）と『青銅の魔人』（四部作）が公開されている。このころから少年探偵団ものは現在でいうメディアミックス的な展開を見せていったのだ。

そんな流れのなか、《少年》では昭和二十九年一月号から、〈少年探偵シリーズ〉と並行して〈江戸川乱歩先生が出された問題・犯人さがし大懸賞〉の連載を開始している。その中から選りすぐったのが本書に収録した作品だ。

当初は探偵小説ファンの一少年が事件の謎に挑む犯人当てクイズだったが、やがて明智小五郎、小林少年、怪人四十面相（二十面相）といったおなじみのキャラクターが毎回登場するようになり、ページ数も増えて、〈少年探偵シリーズ〉の外伝的な楽しみ方もできるようになっていく。シリーズ名は統一されておらず、〈江戸川乱歩先生出題・犯人さがし大懸賞〉〈江戸川乱歩先生の犯人さがし大懸賞〉〈江戸川乱歩先生出題・大懸賞つき探偵クイズ〉〈江戸川乱歩先生の大懸賞つき探偵クイズ〉〈江戸川乱歩先生の探偵クイズ大懸賞〉〈江戸川乱歩先生の探偵クイズ〉〈江戸川乱歩先生の探偵パズル〉〈江戸川乱歩先生出題の探偵クイズ〉などとされることもあり、ときおり漫画や絵解きクイズになることもあった。

賞品は、一等が乱歩のサイン入り〈少年探偵 江戸川乱歩全集〉全巻揃い、二等はそのうちのどれか一冊というのが基本だったが、のちに少年探偵用万年筆型懐中電灯、ＢＤバッジ、少年探偵手帳、探偵七つ道具セットなどが追加され、ときには伝書鳩のつがいなどという生き物が当たることもあった。

ちなみに、BDバッジは〈少年探偵 江戸川乱歩全集〉に付いていた引換券を三枚集めることでも入手可能。少年探偵手帳はその後、通信販売されたり、《少年》の付録になることもあり、少なくとも七種類以上のバージョンが存在する。いずれも、少年探偵団にあこがれる子どもたちにとっては、是が非でも手に入れたいアイテムだったはずだ。

さらに《少年》では昭和三十一年十月発行の秋の大増刊から、増刊号に〈探偵ブック〉という名称を付け、ここでも江戸川乱歩先生の懸賞つき小説を掲載する。その第一弾は、少年探偵団が古城の謎に挑む冒険譚「笑う能面」という作品だが、こちらは本誌連載のものよりページ数が多く、賞品もテレビやカメラなど豪華なものになっていた。

なお、この増刊号には、「江戸川乱歩先生びっくり訪問」と題された少年読者による乱歩インタビュー、酒井不二雄の探偵スポーツ漫画「乱歩くん」（荒川乱歩という少年探偵を主人公にした漫画で、内容は乱歩本人とは無関係だが、左右の柱部分に乱歩に関する豆知識が載っている）なども併載されており、乱歩を前面に打ち出そうとする姿勢がうかがえる。

これ以降、《少年》の増刊号は年二回発行が慣例となるが、昭和三十七年のお正月大増刊まではすべて〈探偵ブック〉の名称を冠し、乱歩出題の懸賞つき小説が毎回掲載された。賞品も、サイクリング車、天体望遠鏡、８ミリカメラ……といった具合にどんどん豪華になり、ついには探偵犬シェパードまでが当たるようになった。

ただし、内容のほうは時代を経るにつれて推理的な要素が薄くなり、ミステリというよりもホラーやSFと呼んだほうが適切な作品が目立つようになっていく。本家の〈少年探偵シリーズ〉では、どんなに奇怪な事件が発生してもすべての謎は一応合理的に解決され、超自然現象として処理されることはなかったが、こちらはもっと自由な発想で書かれており、吸血鬼や宇宙人や海底人などが当たり前のように登場するのだ。初期は推理を要する犯人当てだったクイズも、文中の伏せ字を当てるだけの単純なものへと推移していった。そのあたりは、本書収録の作品を読めば、おわかりいただけるだろう。

通常号と増刊号いずれも乱歩の名を冠し、乱歩の顔写真が誌面を飾ることもたびたびあったものの、《少年少女譚海》連載の「江戸川乱歩先生出題の犯人当大懸賞」と同様、これらの読物に関しては、乱歩が残した文献にはいっさい言及がなく、文体からも本人の執筆でないことが推察できる。本書収録の「悪魔の命令」では明智夫人の文代さんの名が君代さんになっているし、ポケット小僧の呼び方にしても、乱歩の場合は呼び捨てにするのが普通で、まれに「ポケット君」と記すくらいだったのに対し、このシリーズでは「ポケット小僧くん」という表記になっている。実際の執筆者に関しては諸説あるものの、それを立証することはいまとなっては難しい。初期と後期では筆致や方向性が異なるので、複数の執筆者が存在したことは間違いないだろう。

通常号においては、小説形式の懸賞クイズは昭和三十三年十二月号で終了し、以降は三十七年十二月号まで漫画によるクイズが連載された。このうち三十四年二月号～三十五年十二月号は藤子不二雄Ⓐによる「怪人二十面相クイズ」で、一部が『藤子不二雄Ⓐランド　怪人二十面相①②』（中央公論社と復刊ドットコムから発行後、現在は小学館からデジタル版が発行）で復刻されている。

この藤子不二雄Ⓐによる『怪人二十面相』というのは、乱歩の『怪人二十面相』『青銅の魔人』『怪奇四十面相』など過去の〈少年探偵シリーズ〉をアレンジした漫画で、昭和三十四年二月号から三十五年五月号にかけて《少年》に連載された。つまりこの時期の《少年》には、乱歩の『仮面の恐怖王』（三十五年からは『電人M』）に加え、藤子不二雄Ⓐの『怪人二十面相』と『怪人二十面相クイズ』というように、〈少年探偵シリーズ〉関連作品が三本同時に連載されていたわけである。

これだけ〈少年探偵シリーズ〉に力を入れていた光文社だったが、昭和三十六年後半あたりから、様子が変わりはじめる。

この年の十二月、光文社は〈少年探偵　江戸川乱歩全集〉に代わる新しい単行本として、函入り新装版〈少年探偵団全集〉の刊行を開始した。それまでの既刊二十三冊に、『電人M』『妖星人R』『超人ニコラ』の新作三冊を加えて全二十六巻を予定した全集である。ところがこの全集、最初の五冊を発売しただけで途絶してしまう。

増刊号も昭和三十七年夏休み大増刊から〈スリラーブック〉と名称を変え、乱歩出題の懸賞つき小説は昭和三十八年のお正月大増刊で終了。〈少年探偵シリーズ〉自体の連載も昭和三十七年の『超人ニコラ』が最後となった。これは、乱歩の体調がおもわしくなかったことも原因のひとつだろうが、当時の光文社はカッパ・ブックスと女性週刊誌《女性自身》が好調で、少年ものからは撤退したい意向があったともいわれている。時を同じくして、ドル箱だったはずのシリーズそのものの権利まであっさりとポプラ社に譲り渡してしまうのだ。

ポプラ社版の〈少年探偵 江戸川乱歩全集〉が刊行を開始したのは昭和三十九年七月だが、この全集がロングセラーとなったことは周知の通り。また、三十五年から三十八年にはフジテレビ系列でテレビドラマ『少年探偵団』が放映されており、少年探偵団はまだまだ根強い人気を持っていた。それを考えると、あまりにももったいない決断だったと思わざるをえない。

その後、乱歩は昭和四十年に没し、《少年》は昭和四十三年で休刊に至る。この時代になると、《週刊少年マガジン》と《週刊少年サンデー》の二大少年週刊誌の台頭とテレビの普及によって、サイクルの遅い月刊誌の需要は減少していった。まるで乱歩のあとを追うかのように少年月刊誌の時代は終わり、《少年》の歴史も幕を閉じたのである。

なお、他社が新たな少年週刊誌を起ち上げるなか、光文社だけは漫画からも手を引き、後続の少年誌を創刊することはなかった。

《少年》掲載・江戸川乱歩出題の懸賞クイズ一覧

★印付きの作品は、明智小五郎や小林少年ら〈少年探偵シリーズ〉のキャラクターが登場するもの。
掲載号は、出題編掲載号／解答掲載号の順に配列した。

	お正月の白ねずみ	一九五四年一月号／一九五四年四月号	
★	空気男	一九五四年二月号／一九五四年五月号	
★	金庫破りの謎	一九五四年三月号／一九五四年六月号	
	夜光時計のひみつ	一九五四年四月号／一九五四年七月号	
	怪盗黒マント	一九五四年五月号／一九五四年八月号	
	ヒマラヤの怪僧	一九五四年六月号／一九五四年九月号	
	幽霊怪盗	一九五四年七月号／一九五四年十月号	
	第二の犯人	一九五四年八月号／一九五四年十一月号	
	宝石館の怪盗	一九五四年九月号／一九五四年十二月号	
	美術館の怪事件	一九五四年十月号／一九五五年一月号	
	千円札の部屋	一九五四年十一月号／一九五五年二月号	
	クリスマスの怪盗	一九五四年十二月号／一九五五年三月号	
★	幽霊塔の謎？	一九五五年一月号／一九五五年四月号	本書収録
	荒野の強盗団	一九五五年二月号／一九五五年五月号	本書収録
	黄金の大黒さま	一九五五年三月号／一九五五年六月号	本書収録
	私はどの本の中に出てきますか？	一九五五年四月号／一九五五年七月号	イラストクイズ

★	心霊術の謎	一九五五年五月号／一九五五年八月号	本書収録
	名刀のゆくえ	一九五五年六月号／一九五五年九月号	野沢和夫による時代劇漫画
	天狗の足あと	一九五五年七月号／一九五五年十月号	本書収録
	にせインディアン	一九五五年八月号／一九五五年十一月号	本書収録
	何がおこったのでしょう？	一九五五年九月号／一九五五年十二月号	イラストクイズ
★	鉄假面の洞窟	一九五五年十月号／一九五六年一月号	
★	Z国大使館の冒険	一九五五年十一月号／一九五六年二月号	
★	三人の鉄假面	一九五五年十二月号／一九五六年三月号	
★	おばけ雪ダルマ	一九五六年一月号／一九五六年四月号	
★	古城の謎	一九五六年二月号／一九五六年五月号	
★	真珠のゆくえ	一九五六年三月号／一九五六年六月号	
★	火星人現われる	一九五六年四月号／一九五六年七月号	
★	ロケット図のゆくえ	一九五六年五月号／一九五六年八月号	
★	透明妖怪	一九五六年六月号／一九五六年九月号	
★	諸君は名探偵になれますか？	一九五六年七月号／一九五六年十月号	ミステリー文学資料館編『江戸川乱歩の推理教室』（光文社文庫）収録
★	諸君は名探偵になれますか？	一九五六年八月号／一九五六年十一月号	ミステリー文学資料館編『江戸川乱歩の推理教室』（光文社文庫）収録
★	諸君は名探偵になれますか？	一九五六年九月号／一九五六年十二月号	
★	諸君は名探偵になれますか？	一九五六年十月号／一九五七年一月号	
★	笑う能面	一九五六年秋の大増刊〈探偵ブック〉／一九五七年一月号	
★	諸君は名探偵になれますか？	一九五六年十一月号／一九五七年二月号	ミステリー文学資料館編『江戸川乱歩の推理教室』（光文社文庫）収録
★	諸君は名探偵になれますか？	一九五六年十二月号／一九五七年三月号	

★	ノロちゃんと吸血鬼ドラキュラ	一九五七年一月号／一九五七年四月号	本書収録
	ストップ小僧の冒険 ろうやから来た男	一九五七年お正月増刊〈探偵ブック〉／一九五七年五月号	
★	20面相のろう破り	一九五七年二月号／一九五七年五月号	
★	見えないナイフ	一九五七年三月号／一九五七年六月号	
★	密輸船の謎	一九五七年四月号／一九五七年七月号	
★	お化けポスト	一九五七年五月号／一九五七年九月号	
★	不思議な釣り	一九五七年六月号／一九五七年八月号	
★	野球団の怪人	一九五七年七月号／一九五七年十月号	
★	幻の自動車	一九五七年八月号／一九五七年十一月号	
★	影なき翼	一九五七年夏休み大増刊〈探偵ブック〉／一九五七年十一月号	
★	霧にとけた真珠	一九五七年九月号／一九五七年十二月号	ミステリー文学資料館編『江戸川乱歩の推理試験』（光文社文庫）収録
★	幽霊自動車	一九五七年十月号／一九五八年一月号	
	死人の馬車	一九五七年秋の大増刊〈探偵ブック〉／一九五七年十二月号	本書収録
	指	一九五七年十一月号／一九五八年二月号	本書収録
★	幽霊やしきの光	一九五七年十二月号／一九五八年三月号	
★	明智探偵と江戸川乱歩先生訪問記	一九五八年一月号／一九五八年四月号	
★	チョコレートと花火と宝石どろぼう	一九五八年お正月大増刊〈探偵ブック〉／一九五八年四月号	
★	ノロちゃんの切手あつめ	一九五八年二月号／一九五八年五月号	
★	ふしぎなあしあと	一九五八年三月号／一九五八年六月号	
★	きえた金塊	一九五八年四月号／一九五八年七月号	
★	白金はどこにきえたか	一九五八年五月号／一九五八年八月号	

★	江戸川乱歩先生の探偵パズル	一九五八年六月号／一九五八年九月号	
★	江戸川乱歩先生の探偵パズル	一九五八年七月号／一九五八年十月号	
★	江戸川乱歩先生の探偵パズル	一九五八年八月号／一九五八年十一月号	
★	生きていた幽霊	一九五八年夏休み大増刊〈探偵ブック〉／一九五八年十一月号	本書収録
★	三びきのおばけ	一九五八年九月号／一九五八年十二月号	
★	竜切手のなぞ	一九五八年十月号／一九五九年一月号	
★	なぞのライン・アップ	一九五八年十一月号／一九五九年二月号	
★	針のあなに気をつけろ	一九五八年十二月号／一九五九年三月号	

本誌一九五九年一月号からは漫画による懸賞クイズに変更。
以下、増刊号に掲載された読物形式の懸賞クイズのみをリストアップする。

★	魔法探偵術	一九五九年お正月大増刊〈探偵ブック〉／一九五九年四月号	本書収録
★	魔の二十一時	一九五九年夏休み大増刊〈探偵ブック〉／一九五九年十一月号	
★	悪魔の命令	一九六〇年お正月大増刊〈探偵ブック〉／一九六〇年四月号	本書収録 ※
★	きえた宇宙少年	一九六〇年夏休み大増刊〈探偵ブック〉／一九六〇年十一月号	本書収録
★	海底人ブンゴのなぞ	一九六一年お正月大増刊〈探偵ブック〉／一九六一年四月号	本書収録
★	コルト・ピースメーカーの秘密	一九六一年夏休み大増刊〈探偵ブック〉／一九六一年十一月号	
★	吸血鬼の島	一九六二年お正月大増刊〈探偵ブック〉／一九六二年四月号	本書収録
★	のろいのミイラ	一九六二年夏休み大増刊〈スリラーブック〉／一九六二年十一月号	本書収録
★	魚人第一号！	一九六三年お正月大増刊〈スリラーブック〉／一九六三年四月号	本書収録

※山村正夫編『怪奇ミステリ傑作選　呪われた顔』（ソノラマ文庫）
にも収録されているが、文章が改変されている。

続刊予告

江戸川乱歩からの挑戦状II
少年探偵編

企画進行中　近日発売予定

復刻に際して、初出時の挿絵を担当した高荷義之氏、吉田郁也氏、武部本一郎氏の版権所有者様から、今回の企画に快諾していただき、挿絵の使用を快諾していただきましたことに感謝いたします。

また、挿絵を担当した岩井泰三氏の連絡先については調査を致しましたが、現在のところ不明の状態です。ご存知の方は編集部までご一報ください。

著者略歴

江戸川 乱歩（えどがわ・らんぽ）
1894年三重県生まれ。1923年「二銭銅貨」でデビュー。主な作品に「怪人二十面相」「少年探偵団」「D坂の殺人事件」「屋根裏の散歩者」「赤い部屋」「芋虫」などがある。1965年没。今なお、日本でいちばん有名な推理作家。

編者略歴

森英俊（もり・ひでとし）
1958年東京都生まれ。早稲田大学政治経済学部卒。大学在学中はワセダミステリクラブに所属。ミステリ評論･翻訳家。『世界ミステリ作家事典【本格派篇】』（国書刊行会）で日本推理作家協会賞を受賞。ほかの主な編著書に『世界ミステリ作家事典【ハードボイルド・警察小説・サスペンス篇】』（国書刊行会）、『少年少女昭和ミステリ美術館』（野村宏平との共編／平凡社）などがある。

野村宏平（のむら・こうへい）
1957年東京都生まれ。早稲田大学文学部中退。大学在学中はワセダミステリクラブに所属。ミステリ&特撮研究家。主な編著書に『ゴジラ大辞典』（笠倉出版社）、『ミステリーファンのための古書店ガイド』（光文社文庫）、『ゴジラと東京 怪獣映画でたどる昭和の都市風景』（一迅社）、『乱歩ワールド大全』（洋泉社）などがある。

江戸川乱歩からの挑戦状Ⅰ　ＳＦ・ホラー編
「吸血鬼の島」

2017年5月30日 発行　初版第1刷発行

著者　江戸川乱歩

編者　森英俊・野村宏平

発行者　古川益三
発行　株式会社まんだらけ
〒164-0001　東京都中野区中野5-52-15
電話03-3228-0007（代）
FAX03-5343-8480
印刷　大日本印刷株式会社